Elmar Drexel
Kellertheater. Roman

Elmar Drexel

Kellertheater
Roman

Limbus Verlag

Gedruckt mit freundlicher Unterstützung von:
Land Tirol und Stadt Innsbruck

.

Bibliografische Information der Deutschen Nationalbibliothek:
Die Deutsche Nationalbibliothek verzeichnet diese Publikation in der
Deutschen Nationalbibliografie; detaillierte bibliografische Daten sind im
Internet über http://dnb.d-nb.de abrufbar.

© Limbus Verlag Innsbruck 2014
Druck: Finidr, s.r.o.

ISBN 978-3-99039-024-5
www.limbusverlag.at

Dieses Buch ist ein Zeitkolorit aus Innsbruck rund um den Bau eines Kellertheaters vor 35 Jahren, als es politisch noch Links und Rechts gab, als die Basisdemokratie gefeiert wurde und man noch davon überzeugt war, mit Kultur die Welt verändern zu können. Ein Streifzug mit dem Protagonisten, einem Studenten, durch die Schluchten der Alpenhauptstadt; ein Großstadtindianer in einer Kleinstadt oder ein Kleinstadtindianer mit Großstadtgefühlen.

1

Die Kellnerin brachte die dritte Flasche Bier. Schon seit zwei Stunden saß ich im Café Central. Ich drehte die Zigarette im Aschenbecher und versuchte sie zwischen den Fingern zu halten wie mein Freund Günther, was mir aber nicht gelang. Ich – männlich, einundzwanzig Jahre alt, unmotivierter Student der Geschichte und Germanistik mit Leidenschaft fürs Theater – hatte mir folgende Angewohnheit zugelegt: Ich rauchte den ganzen Tag nichts, ging dann ins Café, bestellte Bier, verheizte dazu eine nach der anderen und wartete und wartete, bis meine Freunde kamen. *Freunde* ist vielleicht zu viel gesagt. Es waren Kollegen, wichtige Kollegen: Theaterleute, Journalisten, eine polternde Intelligenzia, die wusste, was los war und wo es langging. Lärmend und wichtig versammelten sie sich täglich im Café Central, nomen est omen, klärten wild gestikulierend und argumentationsbrüllend in zähnefletschenden Streitereien die Fronten zwischen links und rechts, gescheit und dumm, arm und reich.

So wurde Tag für Tag die Rebellion des Bildungskleinbürgers im Bierglas exerziert, eingeklemmt zwischen zweieinhalbtausend Meter hohen Bergen in der Alpen- und Olympiahauptstadt Innsbruck. Selbstverständlich wurden immer aus großen Metropolen wie New York, London oder Paris Vorbilder herangezogen, die die Standpunkte untermauern sollten, im Bewusstsein, selbst im Herz der Alpen zu sitzen, in einem schönen Land, das ohnehin zubetoniert wurde. Man kennt so emphatische Kaffeehaus-Szenen aus der Geschichte, von Bildern und Karikaturen, also nichts Neues, und wahrscheinlich wurde auch das Ewiggestrige wiedergekäut.

Dieser wohlige Dunst der Geborgenheit war für mich als frischgebackenen Scheidungswaisen ein Rastplatz auf dem Weg zum Erwachsenwerden, wofür ohnehin noch genügend Zeit war. Vorerst wollte ich ausprobieren, zaudern, zweifeln, abwägen, spontaner und kreativer Zwangsbeglücker sein. Wenn mir der Postachtundsechziger-Revolutionslärm zu laut wurde – als Benjamin war ich in der Position des Zuhörers, des Enkels, des Jüngers, ohne den die großen Meister ja nicht leben können, ich hatte also keine unwichtige Funktion –, dann versenkte ich meinen Blick in ein ruhiges, warmes Bild meines Onkels, das in diesem Café hing, und ich dachte daran, dass er mir von den gleichen Szenen an den gleichen Tischen im gleichen Café, nur dreißig Jahre früher, erzählt hatte und dass er sich eines Tages einfach heraus- und zurückgezogen hatte, weil es nichts mehr gebracht hatte. Er wollte sich als Künstler nicht mehr auf dieses kleingeistige Stammtisch-Niveau hinunterziehen lassen.

Noch hatte ich etwas Zeit, dachte ich, es war eine Überbrückung. Noch wollte ich die Geschichten über politische Hintergründe in unserem Land aufsaugen, über Korruption, wer mit wem, Halbwelt, Rotlicht, Schwarzgeld, Macht, der graue Bereich hinter der schwarzen *Tiroler Tageszeitung*. Das alles konnte ich hier erfahren, inhalieren; ob es mich weiterbringen würde, wusste ich nicht, jedenfalls begann ich damals, meinen Blick extrem zu misstrauisieren. Es war eine Lust, die Kehrseite der Medaille zu fokussieren, über Zusammenhänge zu spekulieren, das Rätsel zu lösen, welche Kräfte wo am Wirken waren, und nicht selten landete man bei den Freimaurern oder bei der jüdischen Weltverschwörung. So richtete sich mein Blick von der Lotusblüte und der heilen Welt, die man mir vorgaukelte, auf den Sumpf am Grunde des Teichs, aus dem die Blume an einem dünnen Stiel emporstieg.

Aber wenn man dabei war, war man wer, wenn nicht, verschwand man in der namenlosen Kleinbürgermasse aus maschinensemmelgefertigten Studienabgängern. Aber man wollte doch etwas Besonderes sein, wollte sich herausheben aus den engstirnigen Sonntagsfamilienausflügen, die einen — je nach sozialem Status — ins Kühtai, auf den Arlberg oder gar nach Coravara, Südtirol, führten. Man wollte doch über den Tellerrand hinaussehen. Es musste doch noch eine andere Geistigkeit geben. Das Zeitalter des Wassermanns stand vor der Tür und Fritjof Capra war ja auch der Sohn der Tirolerin Ingeborg Teuffenbach. Schilifte gab es doch genug. Der Fremdenverkehr überschwemmte das Land. Wir lebten wie die Maden im Speck. Die materialistische Denkweise wurde ranzig. Man suchte geistige Ressourcen. Die Gletscher waren erschlossen. Man kämpfte sich durch Erich Fromms *Sein und Haben*, Herbert Marcuses *Der eindimensionale Mensch*, und die *Freibeuterschriften* von Pier Paolo Pasolini klangen prophetisch in den Ohren. Die Kultur zeigte sich als Wegweiser in eine lichte Zukunft. Mit Literatur, Theater und Gesängen würde das Ding schon zu schaukeln sein. Der weite, offene Blick galt uns als Schwert. — *Kreativität ist Trumpf?*

Und man hatte Freunde, Genossen, Gesinnungsgenossen, auf die man oft lange warten musste. Manchmal beschlich mich der Verdacht, die Freunde brauten doch ihr eigenes Süppchen, aber: „Das ist doch lächerlich! Man macht doch gemeinsame Sache!"

Langsam begann es einsam zu werden im Café Central. Aber dieses Gefühl des Alleinseins war für mich ein gewohnter Zustand, in dem ich mich zuhause fühlte. Man wartete auf ein Du, gab dann auf und setzte sich auf den Sessellift der Einsamkeit. Entspannt ließ man sich hochbringen – wer weiß wohin? Vielleicht, wie so oft, stürmte oder schneite es oben, dass einem die Eiseskälte ins Gesicht schlug. Vielleicht schien aber oben die Sonne, von der man sich dann wohlig küssen ließ. Nagende Sehnsucht und Enttäuschung blieben. Ich überlegte zu gehen. Nein, noch ein Bier?

Günther hatte mir hoch und heilig versprochen, vor zwei Stunden hier zu sein, nachdem er mich diese Woche schon dreimal versetzt hatte, er würde heute sicher kommen. Er war mein Freund, mein Vorbild, mein Mentor – das Genie! *Bedeutendes wird wieder passiert sein, dass es so spät wird. Ich werde verzeihen! Er wird es mir berichten, konspirativ – ich ein Eingeweihter, ein Zuhörer. Mein Spitzname: Der Schweiger.* Mir konnte man alles anvertrauen. Da ging nichts hinaus, ein Sammelbecken, ein Müllkübel – der Preis dafür: keine eigenen Gedanken, Reflektor und Spiegel sein, Abchecker in fremder Sache, geliehenes Leben, das Eigene versickert in der Warteschleife und im Bierdunst der abgesessenen Stunden. Aber bald – bald werde ich durchstarten, ich stehe auf Gas und Bremse gleichzeitig. Der Rauch, der dabei aufgeht, verflüchtigt sich zur Verzweiflung. *Nein, ich warte noch! Er muss doch kommen! Das ist er doch unserer Freundschaft schuldig! Das kann er doch als aufrechter Linker nicht machen.* Er konnte doch. Die Zigaretten gingen zur Neige, die Zeit war vertan, vielleicht sollte ich doch nach Hause gehen und etwas für mein Geschichte-Studium tun.

Drei Jahre zuvor war ich in einer Jugendtheatergruppe in dem Stück *Magic Afternoon* von Wolfgang Bauer als Darsteller eingesprungen, weil der dafür vorgesehene Schauspieler nicht auffindbar war. Das Jugendzentrum hatte zu der Zeit seinen legendären Leiter Pater Sigmund Kripp schon ein paar Jahre verloren. Ich hatte noch ein Buch von ihm zu Hause mit einer Widmung: „Ansichten eines Clowns", hatte er mir in das Buch von Heinrich Böll geschrieben, „lieber Theo, geben einem die Freiheit zu sagen, was man denkt! Weihnachten 1973."

Die Produktion wurde von meinem Freund Günther organisiert und groß herausgebracht. Dafür verpflichtete er auch den einzigen namhaften Regisseur der Off-Szene, nämlich den Pepi. Als ich die Regie-Ikone des Innsbrucker Theaterlebens bei der ersten Probe sah, wunderte ich mich, dass dieser Mann schon so alt und gesetzt war. Ich schätzte ihn auf Mitte fünfzig. Ich fragte Günther, wie alt Pepi denn sei, und er antwortete mir, er sei jetzt dreiunddreißig. Ich war schockiert.

Die Produktion war ein großer Erfolg und durch das, was ich an Ideen und Visionen einbrachte, auch durch mein Durchhaltevermögen, meine Umsicht und mein Stehvermögen, wenn es eng wurde, wurde ich ein unentbehrliches Gruppenmitglied. Ich erwarb mir den Ruf, dass, wenn *ich* dabei war, die Produktion auch stattfinde. Mit meinem langsamen, aber stetigen Westalpengang zöge ich alles durch, sagte man mir nach. Zudem zeichnete ich mich dadurch aus, dass ich, ohne mit der Wimper zu zucken, Dinge anpackte, die andere nicht machen wollten. Ich bestach nicht so sehr durch handwerkliches Können, wohl aber dadurch, dass ich mich gerade auf die sogenannte Drecksarbeit konzentrierte. Wenn sich jemand um etwas herumdrückte, war ich zur Stelle, da wurde ich gebraucht. Ich war bald das „Mädchen für alles" ohne bestimmte künstlerische Zielrichtung, einsetzbar in jeder noch so unbeliebten Vakanz. Ich war der, dem gar nichts zu blöd war, der eh alles gern machte, der sich mit Hingabe und Lust, ja geradezu leidenschaftlich auf jede ihm zugewiesene Aufgabe stürzte und schon eine Lösung finden würde. *Man kann bei allem etwas lernen*, dachte ich, und so begann ich über den Schatten der sichtbaren Gegenstände zu meditieren. Ich war davon überzeugt, dass gerade die Drecksarbeit für den künstlerischen Prozess wichtig war. Wer keinen Nagel in die Wand schlagen kann, kann keinen Mozart inszenieren! Ich war überzeugt, dass es vor allem Schmutz und Derbheit waren, die meinem Theater Wirkung verliehen. Ich, der ich aus einer klinisch sauberen, moralisch makellosen Gesellschaftsschicht kam, wollte beweisen, dass Schmutz und Vulgarität natürlich waren, dass Obszönität fröhlich sein musste. Damit übernahm das Spektakel seine gesellschaftlich befreiende Rolle, denn seinem Wesen nach war das volkstümliche Theater antiautoritär, antitraditionell, antipompös und antiprätentiös. In mir tobte ein Theater des Lärms, und dieser clowneske Lärm war das Theater des Beifalls.

In meinem Kopf entwickelte sich eine einerseits mönchisch-asketische, andererseits ekstatisch-karnevalistisch-orgiastische Utopie des Theaters. Der Traum vom umhüllenden Leben in diesem Medium pendelte ständig zwischen diesen beiden Polen. Ich hatte gerade eine andere Produktion der Jugendtheatergruppe, *Emigranten* von Slawomir Mrozek, abgespielt und ging mit der Erfahrung aus einer einzelnen Vorstellung hervor, dass es wie durch ein Wunder möglich war, dass *es* spielt! Der Produktionsprozess an sich, das Medium Theater als Ganzes, das Theater als Ritus hatte mich in seinen Bann gezogen. Mein Leben, von dem ich nicht gewusst hatte, wo es hingehen sollte, und das Theater-Machen begannen ineinander zu verschwimmen. Das Theater-Machen, in dessen Geborgenheit ich langsam und ganz selbstverständlich hineinrutschte, hineinschlitterte, stellte im ständigen Tun und in der Auseinandersetzung mit Texten immer wieder die Frage: Wie leben? Es war das Verlangen, uns zu fragen, warum wir leben, was das überhaupt ist, Leben – und warum bin ich, der ich bin? Wir verlangten dem Theater in unserer Unbehaustheit die existenziellen Fragen nach Leben und Tod ab. Es war ein gemeinsames Fragenstellen. Außerdem bot dieses Medium die Möglichkeit, Fantasien, innere Bilder und Utopien, die guten und großen Texten innewohnen, auf die Bühne zu bringen. Das Theater verschmolz für die Zeit der Produktion mit dem Alltag, gab dem Dasein und Hiersein eine Identität, einen Sinn und ein Ziel. Der Homo ludens erfüllte mich vollständig – Erkenntnis durch Spiel. Ich hatte Flügel. Der alpine Ikarus erhob sich durch die Kraft der Imagination aus der Talenge. Ob wir uns qualmend über unsere Manuskripte beugten oder ob wir noch am Pissoir unsere Texte repetierten, ich war in dieser Zeit mit Haut und Haaren Theater, über uns schwebte der Geist der großen Dichter. Eine innere Stimme sagte mir, wie etwas zu funktionieren hatte. In mir waren unerschütterliche Gewissheit, Ernsthaftigkeit und Dringlichkeit. Und dass am Schluss all mein Tun, Proben und Ausprobieren, wenn das alles dann als Produkt Zuschauern präsentiert werden konnte, wenn meine Bemühungen zahlreiches Publikum anzogen, das hellwach und mit leuchtenden Augen den Theatersaal verließ – dann war das für mich das Größte und äußerst befriedigend. Ich wollte niemanden verändern, schon gar nicht die politischen Verhältnisse der Gesellschaft. Aber ich war besessen davon, das Herz des Zuschauers zu berühren, und überzeugt, dass man über das Individuum, über die Einzelperson des Schauspielers bei einzelnen Zuschauern viel erreichen konnte. Für manche würden diese Aufführungen unvergessliche Erlebnisse bleiben. Dann hatte man viel erreicht. Wir hatten Erfolg, wir brauchten keine Triumphe! Ein ständig auf Hochtouren laufender Motor trieb uns voran. Wir kamen mit der Umsetzung unserer Ideen nicht mehr nach. Alles ging uns zu langsam. Theater-Machen war für mich die unumstößliche Auseinandersetzung mit der Gesellschaft und die geeignete Möglichkeit, mir die Welt zu erklären und sie zu interpretieren. Sicher diente mein Engagement für dieses Medium auch dazu, meine Langeweile und Orientierungslosigkeit zu bannen. Sicherlich waren wir auch verwöhnte Bildungsbürgersöhnchen mit hochtrabenden Flausen und Elitegefühlen.

Einmal sah ich bei Günther ein Taschenbuch herumliegen. Magisch angezogen las ich den Titel laut vor mich hin: „Peter Brook: *Der leere Raum*. Und – wie ist das?" Aus unerfindlichen Gründen pochte mein Herz bis zum Hals.

„Jaja. Ganz gut!", antwortete er. „Ich bin noch nicht weit gekommen. Es ist ein bisschen langatmig."

„Darf ich es ausleihen, wenn du es fertig gelesen hast?"

„Du kannst es gleich mitnehmen, ich lese es jetzt eh nicht!"

Ich begann sofort darin zu blättern. Mit dem Buch unter dem Arm verabschiedete ich mich bald, weil es mir unhöflich erschien, seinen Ausführungen über die missliche politische Lage der Gesellschaft mit all seinen Ungerechtigkeiten nur mit einem Ohr zuzuhören. Zu Hause in meinem Zimmer war es dann um mich geschehen. Ich klappte das Buch auf und las es in einem Zug durch. Endlich jemand, der mir aus der Seele sprach. Ich konnte jedes Wort, das da stand, unterschreiben. Wie konnte jemand so exakt das formulieren und hinschreiben, was sich in meiner gedanklichen Nebelsuppe so allmählich zusammenbraute und herauszuschälen begann? Dieses Büchlein war eine Initiation. Die unbestechlichen Sätze waren wie Öl für mein rebellisches und trotziges Feuer. Es loderte, funkte und zischte in meinem Kopf. *Ich werde das Büchlein jetzt nicht sofort zurückgeben. Ich werde ganz langsam anfangen, es noch einmal von vorn zu lesen – und noch einmal, dann werde ich es mir selbst kaufen – und noch einmal lesen …*

Schon der erste Satz nahm mich gefangen: „Ich kann jeden leeren Raum nehmen und ihn eine nackte Bühne nennen. Ein Mann geht durch den Raum, während ihm ein anderer zusieht; das ist alles, was zur Theaterhandlung notwendig ist."

Diese Definition von Theater verwirrte mich. Ich saß in einem Kaffeehaus in der Altstadt, glotzte aus dem Fenster und sah die vorbeiströmenden Leute unter ihren Regenschirmen. War ich als Kaffeehausbesucher der Schauspieler, den man auf der inneren Seite des Fensters beobachten konnte, oder waren die vorbeiziehenden Leute außerhalb des Fensters die Schauspieler, die ich beobachten konnte? *Wahrscheinlich eine Frage des Blickwinkels, so wie am Theater alles eine Frage des Blickwinkels und der Wahrnehmung ist …*

Ich begann, im Sommer vor dem Goldenen Dachl in der Sonne zu sitzen und besonders originelle Touristen in meiner Fantasie mit bekannten Rollen aus tollen Stücken zu besetzen: *Der da drüben müsste König Lear spielen, das wäre eine tolle Elisabeth für „Maria Stuart" – der da drüben unbedingt Falstaff und der da gerade kommt, eignet sich ideal für Galileo Galilei.* In meinem Kopf setzte ich Schotterhalden, Bergrücken, ganze Bergketten szenisch um. Ich schob Kulissen durch das Land und bewegte Menschenmengen in der Landschaft. Das ganze Leben und Treiben in Tirol ein einziger Mummenschanz! Ich schreckte in der Nacht auf, ich hatte gerade im Traum das gesamte Land Tirol inszeniert. Ich hatte den ganzen William Shakespeare und den ganzen Bertolt Brecht über das Land Tirol gestülpt.

Was ist Theater? Diese Frage beschäftigte mich Tag und Nacht! Nein! – Die richtige Frage müsste lauten: Was ist *nicht* Theater? Ich dachte Theater. Ich entwickelte eine bizarre Intelligenz. Ich begann, die Alltagswelt zugunsten einer rituellen Form auf Distanz zu schieben, in der jede anekdotische Form der Beliebigkeit fehlte. Ich hatte immer weniger Gesprächspartner in dieser Zeit, denn niemand konnte und wollte meinen verworrenen Gedanken folgen. Ich war mit meiner Besessenheit viel zu anstrengend. Zuweilen hatte ich sogar Mühe mit mir selbst und immer öfter das Gefühl, als würde ich hinter mir selbst herhinken und herstolpern: Die beiden einzigen Möglichkeiten mit dem Kosmos zu kommunizieren sind erstens das Gebet und zweitens die Musik, aber der Clown, der Harlekin, der Arlecchino, der Pierrot, die komische Person, die lustige Figur, der Hanswurst – schlichtweg der Schauspieler steht an der Grenze, am Abgrund. Er überschreitet seit Jahrtausenden die Grenze zwischen Kunst und Wirklichkeit. Der melancholische Narr lebt einen vergänglichen Augenblick an der Grenze, der ein Zwischenreich markiert. Wie sagt Georg Büchner? „Der Mensch ist ein Abgrund. Es schaudert einen, wenn man hinabsieht."

Der tragische Held bleibt auf der Bühne des Lebens liegen. Tot ist tot. Der komische Held steht immer wieder auf. Der Schauspieler wagt den Blick hinab in den Höllenschlund der menschlichen Natur. Wir waren doch die Nachgeborenen aus diesem Höllenrachen der unvorstellbaren Grausamkeiten. War es nicht auch unsere Pflicht, hinabzuschauen auf die Leichenberge? War es nicht auch unsere Pflicht, damit anzufangen, die aufgetürmten Berge der Trauer abzutragen? Und das Geheimnis der Schauspielerei ist immer noch Kalif Storch: „Mutabor! – Ich werde mich verwandeln!" Es ist die Verwandlung und nicht die Verstellung!

Nach zwei oder drei gemeinsamen Theaterstücken war der Darstellungs- und Gestaltungswille bei allen, aber vor allem bei Pepi, erlahmt und der Produktionsfluss versiegte allmählich. Es blieb bei der Absichtserklärung, einen eigenen Theaterraum zu suchen, denn die Probenbedingungen im Jugendzentrum waren untragbar geworden – je intensiver wir unsere Szenen probierten, desto öfter wurde die Tür aufgerissen: „Entschuldigung, ich müsste da einmal durch!" Ständig wurden Makramee-Gehänge, Weihnachtskekse, Musikinstrumente, Stühle, Tische hindurchgetragen. Jedes Mal, wenn sich die Tür öffnete, war das ein Schock, ein Interruptus für unsere Ernsthaftigkeit, als hätte uns jemand in flagranti erwischt. „Theater spielen ist doch ein intimer Prozess – bitte schön! Grauenhaft!" Wie sich der Pepi auszudrücken pflegte! Uns trieb es die Schamesröte ins Gesicht.

So vegetierte ich vor mich hin und lungerte ein bisschen auf der Universität herum, weil ich nichts Besseres zu tun hatte. *Was tun? Was werden? Was wollen?*

Zu Hause in der Brixnerstraße schlug mir die gähnende Leere der Vierzig-Quadratmeter-Studentenbude entgegen. Ich holte mein Studienbuch über das Mittelalter heraus. Die Buchstaben verschwammen mir vor den Augen. Ich hatte vielleicht doch ein oder zwei Bier zu viel getrunken. Ich murmelte ein paar Jahreszahlen vor mich hin: „Friedrich Barbarossa 1152–1190, Battle of Hastings 1096", stolperte sprachlich über den In-ves-ti-tur-streit, übrigens 1075 – wie sollte ich in der Lage sein, mir etwas zu merken, was ich nicht einmal aussprechen konnte! *Das wird auch nichts.* Mir war fad und es war erst halb neun abends. Bier hatte ich schon mehr getrunken, als es mein Studentenfinanzhaushalt zuließ, geraucht hatte ich auch schon genug. Also nahm ich meine momentane Bibel *Triffst du Buddha unterwegs …* von Sheldon B. Kopp in die Hand, legte mich aufs Bett und vertiefte mich in das Motto des Buches: „Der Clou am Leben ist, dass es keinen Clou gibt!" Während ich darüber nachdachte, wünschte ich mir, dass sich die Zimmertür wie von Geisterhand öffnete und ein zauberhaftes Wesen mit durchsichtigem Hemdchen und durchschimmernden, Brüsten hereinschwebte und über mich kam. Über diesem sehnsüchtigen Traum schlief ich ein. Bei vollem Licht und vollständig angezogen lag ich etwas über eine Stunde. Ich blinzelte in die brennende Glühbirne, als wäre es die Morgensonne. Jetzt war ich hellwach, es war zehn – *Puls regelmäßig, Motivation und Aktivität bestens, Spontaneität jubelnd – Esprit – alles da, dann los!* Der Blues pumpte das Blut durch die Adern, kühler Frauenseidenduft wehte durch die Straßen der Alpenhauptstadt, der Piz-Buin-

Erotik-Föhn nahm mich auf die Schaufel. *Schnell, schnell, wo ist mein Besen! – Lasst uns das Windpferd aufzäumen: Shambala! Check, check, check! – Geld, Zigaretten, Feuerzeug, Schlüssel – Ja! Ab geht's!*

Die Straßenschluchten der Kleinstadt nahmen mich sofort auf – Hans-guck-in-die-Luft auf der Kneipen-„Haute-Route", *was kostet die Welt, wo sind die Trauben, die zu hoch hängen – teste deine Sprungkraft, vielleicht kannst du was ernten!* Der Jagdinstinkt kribbelte in der Magengrube – man begann am Adolf-Pichler-Platz, die Konvention zum Warmwerden, zum Warmlaufen, zum Vorglühen – hinein – ein kleines Bier am Tresen, die Hufe scharren in den Startlöchern. Um diese Zeit gähnende Leere, man wurde freundschaftlich im Wohnzimmer begrüßt. Hier konnte die Post abgehen, wenn man den richtigen Tag erwischte. – Aber jetzt? – Putzkübel und Besen waren noch nicht einmal verräumt, lungerten in einer Ecke, ich war viel zu früh. Noch war kein Schusslicht, die Pirsch hatte noch nicht begonnen, also bestellte ich Bier, bis man in die Weidmanns-Heil-Hörner stieß, bis der Halali-Ruf ertönte – noch hatte die Nacht das Wild nicht zusammengetrieben.

Ein kleiner Small Talk mit dem Wirt, man beantwortete Fragen, die man nicht gestellt bekommen wollte, man sagte Dinge, die man nicht sagen wollte, gab Auskünfte über Leute, die man nachher bereute – kurz und gut, man verlor viel zu viele Worte am falschen Platz. Aber jetzt konnte man nicht mehr weg, es sähe nach Flucht aus.

Es öffnete sich die Kneipentür, ein Windstoß der Reizerneuerung stob durch das Lokal. Wer würde es sein? Man hatte Vorstellungen, aufreizende Vorstellungen, man hatte Erwartungen, kurvige Erwartungen, man erkannte die Person – Enttäuschung, nicht weiblich! Innerliches Zusammensacken – und gerade *der*, warum *der*, warum bitte gerade *der*! Man kann sich in einem leeren Lokal nicht gut verstecken. Leuchtende Augen kommen auf einen zu. Es folgt eine überschwängliche Begrüßung. Man sitzt fest, unweigerlich sinkt man auf einen Barhocker.

„Hallo, hallo! Wie geht's?", heuchelte ich freundlich.

„Ja, es ist im Augenblick eine absolute Katastrophe – ein absoluter Stress!", log er aufgeregt. „Wenn du jemals auf den Malediven Urlaub machen möchtest, lass es sein! Das ist ein einziger Nepp! Finger weg von den Malediven, das kann ich dir sagen! Das kannst du mir glauben! Von wegen Traumurlaub! Ich hatte für eine Woche gebucht, dann war die schon zu lang! Ich war froh, dass ich wieder zurückfliegen konnte! Der Service ist unvorstellbar toll! So schnell kann man gar nicht schauen, fragt dich ein Bimbo, was er für dich tun kann! Man kann sich gar nicht dagegen wehren! Dann das Hotel! Ein Traum! Das sieht dann wirklich so aus wie im Prospekt! Und direkt am Hotel der weiße Strand, ein Wahnsinn! Du kannst es kaum glauben, wie schön das ist! Aber es war kalt! Es war eiskalt! Da hätte ich auch dableiben können und im Inn baden, so kalt war das! Ich bin zur Rezeption gegangen und hab gefragt, was das soll! Da sagen sie mir, das könne um diese Jahreszeit schon vorkommen, und wenn es einmal kalt sei, dann würde sich das auch nicht so schnell ändern. – Ja, was denn nun mit Tauchkursen sei, denn darauf hätte ich mich schon so gefreut! – Die seien für diese Woche abgesagt, es sei zu kalt, man warte auf wärmeres Wetter, hat dann die dauerlächelnde Rezeptionistin geantwortet. – Das wisse ich auch, dass es kalt sei, aber ich sei wegen der Wärme, wegen der Hitze hier. Wann es denn endlich wieder warm werde? – Sie, wieder überfreundlich: Month, month, month! Das ist mir schon nach zwei Stunden so auf die Nerven gegangen – diese Freundlichkeit, diese Unterwürfigkeit, diese Beflissenheit! Und das soll ich nun die ganze Woche aushalten – vollkommen unerträglich! Von der Bar aus hab ich durchs Fenster geschaut, auf das Meer und den weißen Strand, hab mir ein Bier nach dem anderen reingezogen, hab den Segelkanus zugeschaut, die haben dort so Einbaumkatamarane, mit einem weißen Fetzen als Segel, mit denen sind sie erstaunlich schnell unterwegs. Soll ich einen Bootsausflug machen? Das ist doch blöd! – Ich fliege doch nicht auf die Malediven, um dann mit einem Boot herumzutuckern – das kann ich in Riva am Gardasee auch! Also hab ich mich auf mein Bett gelegt, auf wärmeres Wetter gewartet und von unseren Familienurlauben in Rimini geträumt – ich war zehn damals. Spaghetti, Claudia, Maria, das Ringelspiel, Gelato – wunderbar. Ich hab endlich die Zeit gehabt, mich einmal so richtig an Italien zu erinnern, an meine Jugend – von diesem Moment an hat es mir dann doch ganz gut gefallen auf den Malediven."

„Ich würde nie in die Verlegenheit kommen, auf die Malediven zu fliegen", sagte ich bittersüß, „dazu fehlt mir das nötige Kleingeld. Bei mir reicht es im Augenblick nicht einmal für den Gardasee."

Mit knautschigen Worten bedauerte ich seinen missglückten Ausritt, aber er müsse mich jetzt entschuldigen, ich würde jetzt ein Häusl weiter schauen, und, fast um mich loszukaufen, ließ ich mich dazu hinreißen, ihm noch sein Bier zu bezahlen. Meine Freibeuteraura war für die Nacht erheblich zusammengeschrumpft.

2

Ich zog Richtung Altstadt, und als ich bemerkte, dass ich meine Turnschuhe anhatte, meine alte und einzige Jeans und meinen üblichen grünen Parka, von dem ich mich nicht trennen wollte, weil er so praktisch viele Taschen hatte, warf ich mich in die Brust, nahm meinen ganzen Mut zusammen und steuerte direkt auf ein Lokal zu, in das man mich in dieser Kluft sicher nicht hineinlassen würde. Dort angekommen drapierte ich vor der schweren Holztür meinen Parka so, als würde ich meine Krawatte zurechtrücken, und läutete. Der Portier öffnete und machte mir den Weg frei. Ich war fast enttäuscht – Sesam öffnete sich anstandslos. Ich ging hinein, gab meinen Parka an der Garderobe ab und wusste dann, warum ich heute nicht beanstandet wurde: Es war nichts los, das Lokal war leer. Ich tauchte in die Tiefe des Kellers. Ein paar Leute hockten herum, die üblichen Geldsäcke, Cliquenwirtschaft, markenwarengestylte Hohlhippen, die sich jeden Tag hier trafen und sich ständig etwas ins Ohr flüsterten, worauf beim Adressaten immer dröhnendes Gelächter herauskam. Worüber hatten die immer zu lachen? *Billige Sprüche, jeden Tag. Wie langweilig, wie oberflächlich! Warum sieht mich niemand? Den Geistreichen, den Tiefsinnigen! Was finden Frauen an diesem immerwährenden Geplänkel, immerwährenden Geplätscher? Was ist so interessant an Männern, deren Leben vorgezeichnet ist? Der Le-*

benslauf durch den elterlichen Hintergrund voraussehbar – alles vor-
finanziert!

Da war schon die Kellnerin – die Einzige, die mich re-
gistriert hatte – und ich war glücklich, als sie mich fragte:
„Bier?" Wenigstens an meinem Getränk wurde ich er-
kannt. Zumindest über die schaumgekrönte, gelbe Flüssigkeit war ich dabei. Mit großer Genugtuung nahm ich den
ersten Schluck. Die Mädchen begannen sich auf der Tanzfläche zu bewegen. Die Musiknummer, die gerade auf-
brandete, war ein unbedingtes Tanzsignal. Es war ein
Mädchen dabei, das sich umwerfend bewegen konnte.
Wenn sie blieb, war das ein guter Grund, noch ein Bier zu
bestellen und ihr zuzuschauen. Eine Leidenschaft, der auch
der große Federico Fellini frönte. Ich befand mich also in
bester Gesellschaft und hatte Gründe genug, mich ganz
auf dem Barhocker niederzulassen, um in ein profundes
Überlegen zu Fragen der Erotik zu verfallen. Die Kellnerin
beugte sich über die Bar und sagte vorwurfsvoll: „Schau
nicht so traurig!"

Ich schreckte auf und riss mich am Riemen; gerade hatte ich mich richtig entspannt und das Ergebnis war Traurigkeit? Warum war das so? *Mir geht es gut, wenn ich traurig*
bin. Das ist meine Grundstimmung. Manchmal, wenn ich traurig
bin, traue ich mich gar nicht unter die Leute. Eigentlich bin ich im-
mer traurig! Dann streife ich durch die Nacht, wenn alle Katzen
grau sind, und tauche in einem schummrigen Kellerlokal mit nostalgi-
scher Musik unter. Hoffentlich sieht mich niemand. Zusammensa-
cken, Kauern wie ein Kohlesack, kein sprudelndes, prickelndes Ge-
lächter der Sorglosigkeit wie auf der Tanzfläche, das ich so beneide.
Warum seid ihr so! Warum bin ich nicht so! Warum kann ich nicht
fröhlich sein? Diese Tiefgründigkeit – ich krabble wie eine Riesen-
schildkröte mühsam über den Sand des Lebens. Jede Vorwärtsbewe-

gung eine Riesenanstrengung – Pause – nur nicht zurückfallen – weiter! Ich komme nicht vom Fleck. Meine Gedanken schwimmen wie Fettaugen auf der Rindssuppe der Depression. So kann es nicht weitergehen! Fort! Aber wohin? – „Bitte noch ein Bier!"

Inzwischen war die Tänzerin, die mich zum Bleiben animiert hatte, verschwunden. Unergründliches Verlustgefühl, ich nahm es persönlich! *Warum? Warum ist nie etwas so, wie ich es will? Warum halten sich die Leute nicht an die genialen Drehbücher, die ich für sie schreibe? Das ist mein Film – verdammt noch einmal! Was bildet ihr euch eigentlich ein! – Jetzt bleibe ich erst recht und genieße die gähnende Leere! – Und wenn ihr es genau wissen wollt – hoffentlich hören jetzt alle, was ich denke! –, und wenn ihr alle dagegen seid: Ich bestelle mir jetzt noch ein Bier und dann bin ich besoffen, auch wenn es euch nicht passt! Ihr könnt mich alle! Schreibt es euch ja hinter die Ohren!*

Wenigstens kam zur Versöhnung eine Musiknummer, die ich sehr mochte, auch wenn die Tanzfläche leerblieb. Das war ja wieder ein gelungener Abend … Plötzlich stand eine sportliche Blondine neben mir, die sich unbemerkt hereingeschlichen haben musste. Sie fragte mich, wie das Wetter werde. Woher sollte ich das wissen?

„Deshalb brauchst du nicht gleich so böse zu sein!", sagte sie lieb.

Warum kommt immer alles falsch an? Wie ich schaue, ist falsch, wie ich rede, ist falsch, immer alles anders, wie ich es meine. Ich bin falsch!

Sie blieb noch ein bisschen stehen. Sie gefiel mir sehr, deshalb war ich wütend auf sie und ihren billigen Trick. Ich starrte sie hypnotisiert an. Sie schaute ins Leere, dann ging sie einfach wieder.

„Ja, das war's!", murmelte ich, hob die Stimme und rief: „Zahlen!" Ich wuchtete mich die Stiege hinauf und zur Tür hinaus. Es war dann doch mehr gewesen, als ich für heute erwartet hatte. Ich musste instinktiv nach Hause gefunden haben.

3

Als ich um elf mit verquollenen Augen auf die Uhr lugte, rechnete ich mir zusammen, wie viele Vorlesungen ich heute schon versäumt hatte. Ich hätte noch auf die Uni rasen und es in die „Ideengeschichte der Neuzeit" schaffen können, aber in meinem Zustand, ungewaschen und ohne Kaffee, wäre ich kein angenehmer Anblick gewesen. Jeder, dem ich unter die Augen gekommen wäre, hätte sofort gewusst, was es geschlagen hatte. Also ließ ich es bleiben und beschloss, einen geruhsamen Milchkaffee zu mir zu nehmen. Dazu musste ich aber hinuntergehen und erst beim Bäcker gegenüber Milch holen. *Das müsste ich schaffen, Kaffee ohne viel Milch ist für meinen Magen unverträglich. Ach ja – ich erinnere mich –, eine Zigarettenschachtel habe ich mir auch bringen lassen!* Also waren es dann doch sechzig Zigaretten gewesen. Meine Zunge brannte und war dermaßen geschwollen, dass ich in der Bäckerei kaum den Mund aufbrachte, um „einen halben Liter Milch" zu sagen.

Was willst du? Wie soll das weitergehen? Beweg dich! Tu etwas! Was hast du denn für Perspektiven? Worauf wartest du?

Ich hatte keine großen Sorgen, ich hatte keine großen Herausforderungen, das Studium tröpfelte dahin. Einmal dachte ich, es interessiere mich, einmal dachte ich, es interessiere mich überhaupt nicht.

Was willst du damit machen? Ist es echtes Interesse – mein Gott, was für Fragen! Was interessiert dich dann? Literatur – ja! Was wenn es mein Beruf wäre, anderen Geschichten zu erzählen? Ja, ich muss sie erzählen. Ich kann es nicht lassen. Ich erzähle den anderen Geschichten von anderen. Oder ich erzähle meine Geschichten mir selbst oder anderen. Ich würde sie am liebsten mit anderen auf einer Bühne aus Holz zwischen Gegenständen und Lichtern erzählen. Wenn nichts vorhanden wäre, würde ich mit lauter Stimme erzählen, und wenn ich keine Stimme hätte, würde ich mit den Händen, mit den Fingern erzählen. Ich will erzählen! Versteht ihr denn nicht, dass alles andere fast nicht zählt? Versteht ihr nicht, dass das Mittel, mit dem man erzählt, nur ein Zwischenglied, eine Verdinglichung ist, mit anderen über die Dinge sprechen zu können, die in einem sind? Auf einem Stuhl zu sitzen, der zwanzig Meter über der Erde an einem gespannten Seil aufgehängt ist – auch das wäre eine Art zu erzählen, was der Mensch allein dort oben auf seinem Sitz machen kann. Erzählen, dass er existiert, dass er das Gleichgewicht hält, dass er herunterfallen kann, dass er Angst hat und sie nicht zeigen will. Versteht ihr das nicht? Dann habt ihr wirklich nie etwas begriffen. Eines Tages wird es mir nicht mehr wichtig sein, verstanden zu werden. Mir wird es genügen, wenn man mir zuhört. Aber kann man davon leben? Lehrer werden wie mein Vater und mein neuer Stiefvater? Was für Aussichten!

War ich faul, bequem? Mir war langweilig!

Ich war streng zu mir: *Reiß dich zusammen, nimm deine Groschen zusammen! Wie sieht denn das aus? Was sagt deine Mutter dazu – ihr braver Junge. Er sollte sich doch ins Leben strecken. Sie sollte doch stolz auf ihn sein können. Sie sollte ihn doch herzeigen können – vor ihrer Mutter, vor ihren Schwestern – jetzt, da alles neu ist, geschieden, neuer Mann. Wo wir doch mit vereinten Kräften meinen Vater in die Wüste geschickt haben. Eine Befreiung, eine Heldentat, die mich so groß gemacht hat, dass ich es kaum verkrafte.*

Ödipus am Schwellfuß der Nordkette. Was für ein Triumph! Aber was jetzt? Mir war fad, mir war langweilig, ich war müde. Und ich war zu nah an meiner Mutter. Ich wollte Dinge tun, an die sie nicht rühren, Dinge, die sie nicht vereinnahmen konnte. Freunde haben, zu denen sie keinen Zugang hatte. Gedanken, die sie mir nicht aus dem Kopf schälen konnte, Ideen, an denen sie nicht mitbeißen konnte, mein eigenes Timing – mein eigener Rhythmus – *mein* Leben – *ich* sein. Aber ich war ihr Sohn, ihr Eigentum, und sie bestand immer noch darauf, meine Unterhosen zu waschen. *Wer die Unterhosen wäscht, hat die Hand am Schwanz, sagt der Volksmund.* Sie wusch meine ganze Wäsche und erfuhr alles, denn Wäsche ist verräterisch: Zigaretten/Alkohol/Gasthaus – aber keine Spermaflecken. In ihrer Waschmaschine wurde den Ausdünstungen des Lebens der Garaus gemacht. „Wo hast du dich denn da wieder hineingesetzt!?", hieß es, wenn das Leben Spuren hinterließ – ob Fahrrad/Moped/Möbel/Wald/Fußball. Ein Leben in der Waschmaschinenzentrifuge – trommelsexuell.

Nur nichts anpacken, dann kann man nichts falsch machen – ein Ideal als Hirngespinst, die Welt als Feind, innerer Anspruch lastet schwer, die Kluft zwischen Normalität und Größenwahn heißt Depression.

Da war doch ein Buch: *Das Drama des begabten Kindes* – die Bibel einer ganzen Generation, aber keine Lehre daraus gezogen, keine Konsequenzen daraus in die Tat umgesetzt, Erstickungsanfälle in der Spießigkeit oder Befreiung und Aussteigen in Bhagwan-Orange.

Wenn ich schon „Ideengeschichte der Neuzeit" versäumt hatte, dann konnte ich doch mein schlechtes Gewissen beruhigen, indem ich zum x-ten Mal Peter Handkes *Ich bin kein Bewohner des Elfenbeinturms* zur Hand nahm, um zu

lesen: „Die alten Sprachbilder sind verbraucht, sie sind unzeitgemäß, so kann man keine Geschichte mehr erzählen."
Also wanderte mein Reclam-„J. W. von Goethe *Faust I.*"
aufs Klo, ergötzlich las man Verse des Scheiß-Goethe beim Sitzen halblaut in sich hinein, berieselte sich an der geheimnisvollen Klarheit deutscher Weltdichtung an einem eindeutigen Ort. So bekam man Goethe öfter in die Hand, als einem lieb war. Wenn der Herr Geheimrat beim Urinieren ein paar Spritzer abbekam, störte das nicht, das Heft war ohnehin gelb.

4

Seit zwei Monaten teilte ich mein Studentendasein mit einem Mitbewohner, den man als Medizinwerkstudenten bezeichnen hätte können. Er studierte schon jahrelang und versuchte zum dritten Mal, die erste größere Hürde dieses Studiums zu nehmen: Anatomie. Er kam nicht recht zum Lernen, seine Erwerbstätigkeit verlangte sehr viel Engagement von ihm. Einerseits betreute er eine Privatbar, die mit ihm stand und fiel, und andererseits verdingte er sich als Garderobier am hiesigen Landestheater. Der Job am Theater sozialversicherte ihn und der Job an der Bar brachte die Knete – schwarz natürlich. Beides dauerte immer bis tief in die Nacht, zumal er auch ein recht geselliger Mensch war. Er brachte des Öfteren nach dem Theater das halbe Ballett oder den halben Chor mit zu uns nach Hause. Er pflegte dann an meiner Tür zu klopfen, es gebe noch einige mitgebrachte Flaschen zu vertilgen. Jeder Widerstand war zwecklos, und der Einwand, ich hätte morgen ein Riesenprogramm an der Uni, galt schon gar nicht. Also wälzte ich mich aus dem Bett, ließ mir im Bademantel ein Glas nach dem anderen geben und genoss es, mich von dem Sprachgemisch aus Englisch, Ungarisch, Polnisch, Russisch und Deutsch berieseln zu lassen. Irgendwie gefiel mir der nächtliche bunte Haufen von Paradies- und Zugvögeln, die im lasziven, verborgenen Halbdunkel zauberhaft blühten. Die Mischung aus Whisky oder Wodka und schwelender Sehnsucht ergab eine Traumwelt aus Fantasie, Kreativität, Tatendrang, Sentimentalität und Größenwahn. Noch ein Schluck und der Kulturheros hat sich in seiner ganzen Größe aufgerichtet, und die Vision, es werde mit mir und durch mich ganz Großes entstehen, ich bräuchte dieses mein Potenzial nur anzuzapfen, stand mir jedes Mal ganz deutlich vor Augen. Wie viele Tage sollten noch vergehen ohne Sinn, ohne Ziel. Ich musste aufpassen, dass mir nicht speiübel wurde. *Es wird Zeit, etwas zu tun! Von allein wird die Welt nicht besser!* In mir Rebellion: *Das Arsenal des Theaters kennt keine Grenzen, ist laut im Gegensatz zu meinem stillen, schweigenden, zögerlichen, höchstens flüsternden Leben. — Shit! — Man haut auf einen Eimer, um eine Schlacht zu markieren, man nimmt Mehl, um vor Angst erbleichte Gesichter zu erschaffen. — Fuck!* — In meiner Theaterwelt regierten die Seitenbemerkung / die örtliche Anspielung / der Lokalwitz / die Ausnutzung von Missgeschicken / das Tempo / der Lärm / das Spiel mit Kontrasten / der Kurzschluss von Übertreibungen / die falschen Nasen / die Klischeetypen / die ausgestopften Bäuche. In meinem Kopf tanzten und wirbelten schrille und laute Bilder herum. Es war mir sonnenklar, dass jede Erneuerung des Theaters auf den volkstümlichen Ursprung zurückgreifen musste. Selbst die Intelligenzbestie Bertolt Brecht blieb ihren Wurzeln im Kabarett von Karl Valentin treu, und das Handzeichen des Brecht-Theaters, der helle halbe Vorhang, hatte sehr praktisch in einem Keller seinen Ursprung, als ein Draht von Wand zu Wand gezogen werden musste. Dieses Theater war auch Hetze, wüste Satire und groteske Karikatur. Das Theater, das in meinem Kopf tobte, war voller Zorn, manchmal auch Hass. Es rief Rebellion und Opposition hervor. Der

Wunsch, die Gesellschaft zu verändern, sodass sie sich ihren ewigen Heucheleien stellte, war eine große Kraftquelle. *Fuck! Shit!* Figaro, Falstaff oder Tartuffe karikierten oder zerstörten durch Gelächter. *Theater ist – verdammt noch einmal! – das Medium der Wahrheit! Das ist meine Welt!*

Zufrieden sank ich ins Bett.

Am nächsten Mittag war ich gut ausgeschlafen, klemmte mir meine Mappen unter den Arm und stiefelte zur Uni. Nun saß ich geistesgegenwärtig in „Ideengeschichte der Neuzeit" und schrieb fieberhaft das Material mit, das man zu bearbeiten hätte, um sich ein bisschen auf diesem Gebiet zurechtzufinden. Der vortragende Professor, der sich als eingefleischtes katholisches CV-Mitglied bezeichnete, zitierte in der fünfundzwanzigbändigen Marx-Engels-Ausgabe auf und ab, hin und her, dass mir ganz schwummrig wurde. Wie konnte sich jemand, der von sich behauptete, kein Marxist zu sein, so gut in dieser Materie auskennen. Und alle meine Freunde, die behaupteten, Linke zu sein, hatten von all dem so überhaupt keinen Schimmer, besonders Günther, der tagein, tagaus die rote Fahne schwang und die linke Faust geballt hochhielt – mit der Rechten hob er das Bierglas. Er hatte gerade mal eine 140-Seiten-Biografie über Rudi Dutschke gelesen, das reichte für ihn aus, um sich als deklarierter Linker auszugeben.

Als ich mir die Vorlesung anhörte und mir bewusst machte, wovon ich keine Ahnung hatte, stufte ich mich selbst als unpolitisch ein. Unpolitisch war man, wenn man zu bedenken gab, dass das Ganze vielleicht doch etwas komplizierter war, als man am Biertisch mit markigen Parolen postulieren konnte. Der distanziertere Blick galt als oberlehrerhaft und nicht revolutionär – Barrikaden hätte man blind zu erklimmen. Man hätte darauf zu vertrauen, dass alles seinen sozialistischen Gang nehme.

So also dachte ich, demnächst mehr!, dachte ich mit Hölderlin, während ich am Nachmittag wieder in meinen Kleidern auf dem ungemachten Bett lag. Ich hatte meine Liegestatt aus Frust und Resignation darüber, dass ich ohnehin nie ein Doppelbett brauchte, in ein Einzelgestell umgebaut. Ich lag auf dem Rücken und starrte in die Luft, wieder einmal unschlüssig, was ich wirklich wollte, in der Hoffnung, dass endlich etwas passierte: *Oh Herr! Gib mir ein Zeichen! Was ist meine Bestimmung? Welche meiner Begabungen ist die durchschlagendste? Was macht mir eigentlich Spaß? Ich kann nur leben, wenn ich mich leidenschaftlich und absolut mit einem Standpunkt identifiziere. Damit der Standpunkt überhaupt einen Nutzen hat, muss ich mich ihm total verschreiben, ihn bis aufs Blut verteidigen. Aber da ist diese innere Stimme: „Nimm es nicht zu ernst!" Ich glaube niemals an eine einzige Wahrheit. Mir würde Spaß machen … mich mit ein paar Leuten zusammen … ein Theaterstück zur Hand nehmen … und anzufangen, daran zu arbeiten … anfangen, wo es anfängt.*

Da kam mir ein Brief von Peter Brook zu Hilfe: „Sie fragen mich, wie man Regisseur wird und setzen mir dabei die Pistole an die Brust. Theaterregisseure sind selbsternannt. Ein arbeitsloser Regisseur ist ein Widerspruch in sich, wie ein arbeitsloser Maler. Man wird Regisseur, indem man sich Regisseur nennt und andere Menschen davon überzeugt, dass dies stimmt. So ist die Arbeitsbeschaffung in gewissem Sinne ein Problem, das mit Hilfe derselben Fertigkeiten und Fähigkeiten, die man bei den Proben braucht, gelöst werden muss. Ich kenne keinen anderen Weg außer dem, Leute zu überzeugen, mit einem zu arbeiten, und so zu Arbeit zu kommen – sei es auch unbezahlte – in einem Keller, im Hinterzimmer einer Kneipe, auf einer Krankenstation, in einem Gefängnis. Die Energie, die durch das Arbeiten produziert wird, ist wichtiger als alles andere.

Lassen Sie sich nicht davon abhalten, aktiv zu sein, und sei es auch unter den primitivsten Bedingungen, statt Zeit damit zu vergeuden, nach besseren Bedingungen Ausschau zu halten, die sich vielleicht nicht finden lassen. Am Ende zieht Arbeit Arbeit an."

Darf ich denn das? Darf ich mich selbst zum Regisseur ernennen? – Das wäre doch einmal was! Das mache ich! – Ich ernenne mich selbst zum Regisseur. Ich erkläre mich selbst zum besten Regisseur – nach Peter Brook natürlich! Ein bisschen Größenwahn kann ja nicht schaden!

Ich bewegte mich also zwischen „Was glaubst eigentlich du, wer du bist!" und „Das habe ich doch bitte nicht nötig!", und das ging so lange, bis totale Lähmung eintrat – Stau – Pattsituation!

5

Ein gellender Schrei aus dem Nebenzimmer, in dem mein Wohnungsgenosse Roland hauste, der behauptet hatte, sich zurückziehen zu müssen, weil seine Anatomieprüfung bevorstand: „Scheiße!" Die Klinke meiner Zimmertür wurde niedergedrückt, die Tür öffnete sich einen Spalt, er streckte den Kopf herein: „Sag einmal, was tust du denn? Schläfst du etwa?"

Seine Empörung verdutzte mich: „Ich liege da und denke nach!"

Jetzt wurde er böse: „Er denkt nach! Worüber hast du schon nachzudenken! Du denkst doch sowieso nur die ganze Zeit an Brüste und Mösen – ich kenn dich doch. Ich mach jetzt eine Pause, dann mach ich einen Kaffee und du trinkst dann gefälligst einen mit!"

Wir saßen in der Küche und rührten den Zucker in die Häferln. Wir starrten in den Milchkaffee, der uns ins Gesicht dampfte, die Löffel kratzten an der alten Keramik.

In allen Wohngemeinschaften die gleiche Art von verkommener Häuslichkeit: abgenutzte Kaffee- oder Teehäferln mit angeschlagenem Rand, selten hat eine Tasse einen Henkel. Ein letzter Rest an Oma-Romantik und Geborgenheit, an der man sich recht und schlecht festhalten kann. Heimliche Feigheit der Kreuzritter für eine antispießige Zukunft.

„Wann wird endlich wieder Frühling?", fragte Roland. Dabei war doch nach all den turbulenten Föhnstürmen des Frühherbstes der richtige Herbst mit einem wuchtigen Temperatursturz gerade erst hereingebrochen.

„Warum?"

„Dann könnten wir wieder am Fenster in der Sonne sitzen und die Mädchen und Frauen beobachten, wie ihre Kleidung immer luftiger und duftiger wird, ihr Gang immer wippender und ihre Brüste immer hüpfender!"

„Hüpfende Brüste unter nichts als einem T-Shirt!", schwärmte ich.

„Aber wenn es kalt ist", schäumte Roland, „wird alles versteckt, vermummt unter Pullovern, so groß wie Schlafsäcke – Mänteln, Mützen, Handschuhen, sodass du nicht einmal mehr weißt, ob es sich um einen Mann oder eine Frau handelt. Alle sehen gleich aus – unisex! Scheiß-Tirol! Und dann …", jetzt schien er persönlich angegriffen und beleidigt. Er schwang seinen gestreckten rechten Zeigefinger: „… und dann, weißt du, wie lange es in diesem Scheiß-Land kalt ist!?"

Ich wusste, dass die Frage rhetorisch war, und sagte nichts.

„Sechs Monate! Mindestens!", war der knappe und endgültige Urteilsspruch für dieses unser geliebtes, gehasstes, kleines, karges Land Tirol, das ja nichts anderes hat als diesen Schnee, der aus der Kälte kommt, der uns allen zu Wohlstand verhilft, damit wir es besser haben als unsere Eltern und kuschelig studieren können. Wohl dir, dass du der Enkel bist! Die Enkel werden für das Ausharren der unübersehbaren Ahnenreihen belohnt. Das „Landl, des kloans" konnte ja nichts für unseren augenblicklichen sexuellen Notstand und die erotisch angespannte Situation.

Roland trank seinen Kaffee in einem Zug leer und schob das Häferl von sich. „Die Herbstgeilheit ist eine der schlimmsten!"

„Aber die Sommergeilheit, wenn man so träge und verschwitzt mit langsamen Bewegungen herumliegt, ist auch schlimm!", konterte ich.

„Ja, und dass die Frühlingsgeilheit, dieser alljährliche erotische Ausbruch, etwas Kriegerisches, Marsisches hat, brauchen wir ja nicht zu erwähnen!" Augenblicklich rückte er sich zurecht, lehnte sich zurück und läutete eine philosophische Diskussionsrunde ein: „Welche Geilheit findest du am schlimmsten: die Herbstgeilheit, die Wintergeilheit, die ja auch nicht zu verachten sind, wenn ich's mir recht überlege ..." Er schürzte seinen Schnurrbart und machte eine bedeutungsvolle Pause, um seiner Aussage Tiefgründigkeit zu verleihen. „... die Frühlingsgeilheit oder die Sommergeilheit?"

Ich war überfragt. „Jede der vier Geilheiten hat doch ihren eigenen Reiz. Der Herbst ist archaisch, der Winter still und gefühlsbetont, der Frühling ist aufbrechend und panerotisch und der Sommer träge, lasziv und schrankenlos! Ich könnte jetzt nicht sagen, was schlimmer ist! Jede Geilheit ist für sich die schlimmste ihrer Art. Das Nichtausleben zwingt uns zu Boden, und wenn wir die vier Grundarten der Triebhaftigkeit ausleben, zwingt es uns ebenfalls in die Knie. In jedem Fall ist dieser Übermacht unserer Triebe nur mit Alkohol beizukommen – Vernunft kannst du vergessen! Es gibt kein Entkommen, zu keiner Jahreszeit, man ist nie davor gefeit, dass einem das Hirn in die Hose rutscht!"

Mein Kaffee war fertig. Ich war müde vom Nichtstun. Einen längeren philosophischen Disput über Geilheiten an und für sich würde ich jetzt nicht durchstehen, ich war jetzt schon deprimiert – ich musste mich hinlegen. „Ich muss jetzt auch wieder etwas lernen gehen! Glaub nicht, nur du musst dir etwas ins Hirn pressen! Ich danke dir für den Kaffee! Der hat mich jetzt richtig aufgebaut und motiviert!"

Ich wusch Tasse und Löffel ab, um ihm etwas länger Gesellschaft zu leisten und mein schlechtes Gewissen zu überdecken, dass ich jetzt einfach nicht mit ihm reden wollte, ging in mein Zimmer, schloss die Tür, blieb stehen, horchte nach, spürte seine Enttäuschung in der Küche und bekam eine Wut. *Ich kann dir auch nicht helfen, ich kann nicht einmal mir helfen!*

Da hörte ich in der Küche Stuhlrücken – Schritte – er ging ebenfalls in sein Zimmer. Ich setzte mich zum Schreibtisch, schlug ein Buch über alte Geschichte auf, Dynastien aus dem alten Ägypten verschwammen mir vor den Augen. Ich klappte das Buch zu, zückte das Standardwerk über österreichische Geschichte, *Das Werden Österreichs*, schlug auf, die Jahreszahl 1246 sprang mich an – das Jahr, in dem die Babenberger ausstarben, weitere Jahreszahlen schwammen vorbei, mir fielen die Augenlider zu. Ich unterdrückte mit letzter Anstrengung meine Wut darüber, dass ich mir nichts merken konnte – nicht, weil ich es nicht aussprechen konnte, sondern weil ich es mir einfach nicht merken konnte und wollte. Wie oft hatte ich diese Jahreszahlen schon gelesen – geschrieben – sie mir einzuprägen versucht, und jedes Mal, wenn ich sie wieder sah, waren sie wie neu, alles mühsam Gemerkte gelöscht. Konnte man sich nicht aus der Sinnlosigkeit dieser Jahreszahlen einen Spaß machen – konnte das kein Spiel sein – mussten sich einem immer die Nackenhaare sträuben und musste das Phantombild meines Vaters mit der heiseren Stimme – „Du Versager!" – ständig im Rücken auftauchen? Jetzt hörte ich es ganz deutlich und spürte seinen warmen, überlegenen, frustrierten Atem: „Du Versager! Ich bin groß und du bist klein! Wenn ich will, vernichte ich dich! Schön am Boden bleiben, nicht mucken, schön am Boden bleiben!"

Ich stand vom Schreibtisch auf und taumelte zum Bett. Wie ein Klotz sank ich nieder, legte mich auf den Rücken, der Milchkaffee schwappte in meinem Bauch, ich schlief sofort ein, was ich immer gern tat, wenn ich Kaffee getrunken hatte. Selbst da war ich anders – war ich falsch! So konnte das nicht weitergehen!

6

Manchmal traf ich mich mit zwei professionellen Schauspielern ohne Engagement spätabends im Lokal am Adolf-Pichler-Platz. So versuchte ich die Verbindung zu meiner brachliegenden/versickernden/versandenden Leidenschaft zum Theater aufrechtzuerhalten. Diese Treffen waren für mich wie für einen Dürstenden die Oase in der Wüste.

„Am Theater herrscht im Augenblick die Plebejerherrschaft und die Konnotation mit dem Nazi-Regime ist durchaus beabsichtigt!", schrie mein Schauspielkollege ohne Engagement durch das dröhnende, vor Musik wummernde, verrauchte Lokal.

„Genau! – Sire, geben Sie Gedankenfreiheit! – Österreich ist wieder ein Kunstgau!"

„Was ist gutes Theater?", schrie der erste Schauspieler ohne Engagement, und der zweite Schauspieler antwortete ihm: „Ein guter Text und ein guter Schauspieler!"

„Mit Dilettanten kann man kein revolutionäres Theater machen!", schrie sein Schauspielkollege ohne Engagement durch die Kneipe.

Darauf tranken beide, indem sie ihre Gläser in heller Freude zusammenstießen.

„Warum gibt's bei uns in Tirol so viele Schauspieler und Volksbühnen?", sinnierte der angetrunkene erste

Schauspieler ohne Engagement, bei dem die rebellische und revolutionäre Trinkphase, in der er sich als Widerstandskämpfer gebärdete, in eine ruhige und melancholische überzugehen begann. Nach längerem Nachdenken grummelte der berauschte zweite Schauspieler ohne Engagement: „Weil wir alle katholisch sind und weil wir uns am Theater ungestraft und ohne schlechtes Gewissen böse ausleben können! … Wenn ihr versteht, was ich meine?"

„Warum geht man zum Theater?"

„Weil einem das normale Alltagsleben zu langweilig ist!"

„Weil die Bühne der einzige Ort ist, wo man Utopien ausleben kann!"

„Weil die Bühne der einzige Ort ist, an dem man so sein kann wie der von der Mutter verachtete Vater!"

„Weil die Bühne der geeignete Ort ist, an dem man den Weg des Herzens zeigen kann!", sagte ich naiv und idealistisch.

„Ohne Herz kann man kein Theater machen – à la longue!", schrie der erste Schauspieler, und der zweite Schauspieler schrie: „Ganz Österreich ist ein Theater! Ganz Österreich ist ein Kasperltheater!"

Alle nickten in ihr Bierglas hinein.

„Die eine Hälfte der Österreicher sind die Kasperln und die andere Hälfte sind die Krokodile!"

Wieder nickten alle in ihr Bier hinein und schwiegen nach dieser fundamentalen Aussage, bis sie ihr Bier ausgetrunken, bezahlt und das Lokal verlassen hatten. Sie verabschiedeten sich nicht einmal, sondern jeder ging in eine andere Richtung nach Hause, denn das Schlusswort war zu wuchtig. Darauf gab es nichts mehr zu sagen, also hieß es männlich schweigen.

Im Laufe des fortschreitenden, trüben Winters fasste ich den Entschluss, mich gegen die Eiszeit und den Stillstand in Bewegung zu setzen und endlich einmal das zu tun, was ich wirklich tun wollte. Also nahm ich einen Ballkalender zur Hand, denn es rollte gerade die Ballsaison heran. Ich suchte mir ein ausgewähltes, nicht zu gehobenes, nicht zu steifes Wochenprogramm zusammen, vielleicht auch mit Aussicht auf Ausschweifungen – mal sehen! Ich wollte wieder einmal – ganz lapidar – vögeln!

Ich beginne am Dienstag und mache dann durch bis inklusive Samstag. Am Sonntag werde ich mich von den Strapazen erholen.

Ich nahm mir fest vor, mich am Samstag davor nicht in einem der Nachtlokale bis in die frühen Morgenstunden zu betrinken, denn erstens hatte ich kein Geld und zweitens wollte ich nicht wieder am Sonntag mit einem Riesenkater büßen müssen. Mein Bett sollte sich einmal nicht in eine Streckbank verwandeln, und ich wollte einmal nicht mein schlechtes Gewissen als Folterknecht neben mir stehen sehen.

Außerdem wollte ich mich mental und strategisch auf meine Ballwoche vorbereiten, denn da galt es doch, eine inspirierte, prickelnde Zeit mit Esprit zu verbringen, strahlend vor Selbstbewusstsein, denn auf den Schulbällen war man in meinem Alter ein Star. Das Selbstwertgefühl sollte in dieser Woche ordentlich aufgeputzt werden, da konnte man nichts dem Zufall überlassen.

Das Wochenende kam, ich begann zu planen. Kleidung – der Anzug, den ich lange nicht mehr getragen hatte, hing schon zum Lüften draußen, das weiße Hemd passte noch, der Kragen war etwas eng. Ich war dicker geworden. In meinem Kopf hörte ich meine Mutter: *Oh, das ist ein bisschen eng geworden. Dass du so zugenommen hast!*

Nein, Mutter! Vielleicht bin ich nur ein bisschen männlicher geworden! – Psst! Ich reg mich jetzt nicht auf! Leise! Vielleicht sollte ich in Zukunft ja wirklich ein bisschen Sport treiben!

Aber meine Wut im Bauch quoll auf und blähte ihn so, dass ich das Hemd fast nicht mehr zubrachte. „Ich werde mir jetzt die Freude nicht nehmen lassen!", schrie ich. Aber diese mütterliche Stimme in mir, es formten sich wohlbekannte Sätze, blubberten in mir hoch.

Ich raste aus meinem Zimmer, stürzte in die Schuhe und stolperte die Treppe hinunter. Ich versuchte, vor der inneren Stimme meiner Mutter davonzulaufen. *Ein Bier! Ich bin ein Mann! Ich will frei sein!*

Zwei Stunden später torkelte ich bei der Tür wieder hinein. Ich hatte gewonnen. Ich war wieder großartig. Ich kippte aufs Bett und schlief auf der Stelle ein. *Die Woche kann kommen.*

7

Den ganzen Samstag war ich bester Dinge. *Vielleicht gönne ich mir am Abend doch ein kleines, beschwingtes Bierchen?* Solche Befreiungsschläge musste man doch feiern, und wenn man sich schon so prächtig fühlte, dann musste man das auch nützen. Noch bei Tageslicht zog ich los, denn ich wollte ja nicht lange bleiben, gemütlich setzte ich mich in ein Lokal; das erste Bierchen. Wie das schmeckte! Siegesgefühle kamen dazu, da konnte es auch ein zweites werden. Da meldete sich mein Jagdinstinkt und plötzlich hatte ich einen Krawall in der Hose, dass sich mir alles drehte. Ich brauchte noch ein Bier! Heute, war ich mir sicher, würde ich auf einer Matratze landen, irgendwo in einem der Lokale wartete meine Beute für die heutige Nacht. Sie brach langsam herein, ich lag im Saturday Night Fever, ich wollte mich nicht mehr verstecken, *lieber ein stadtbekannter Trinker als ein anonymer Alkoholiker.* Die Leute sollten ruhig sehen, wo meine Bedürfnisse lagen. Noch war ich wer, noch konnte ich auch Begehrlichkeiten auf mich ziehen. Noch war ich in der Lage anzudocken. Es hatten mir auch schon Frauen nachgerufen: „Mein Gott, was für ein knackiger Arsch!"

Ausgetrunken und los geht's!

Ich entschied mich für die große Lokalrunde. Ich wollte sichergehen, und einen langen Atem hatte ich. Ich zückte kurz die Geldtasche und fächerte mit dem Daumen die Scheine durch – vier, fünf, sechs. Das müsste reichen! Vielleicht würde ich nicht so viel brauchen, wenn ich einen schnellen Erfolg verbuchen konnte.

Beim Eintritt in das erste Lokal – ich hatte beschlossen, mich von außen, von der Peripherie sozusagen, zur Altstadt vorzuarbeiten – wurde ich von einem aufstrebenden Juristen, den ich nur vom Sehen kannte, von der Bar aus voll angeschossen: „Na, Theo, alter Schluckspecht, rinnts wieder?"

Mein Kopf schnellte zur Seite – *Trottel!* –, ich grinste und sagte: „Jaja!", ging rasch weiter und brachte mich, jetzt doch angeschlagen, in Position. Der Satz schwirrte noch in meinem Kopf und ich hatte einige Zeit damit zu tun, darüber nachzudenken, ob diese Meldung repräsentativ war und nur einer aussprach, was ohnehin alle dachten. Ich bestellte ein Bier, hielt es in der linken Hand, stand da, starrte vor mich hin und dachte nach. Mit der Rechten wühlte ich in der Manteltasche nach den Zigaretten. Auf jeden Fall hatte ich keinen Blick mehr für Mädchen. Man kann nicht Blondinen zu einer Spritztour einladen, wenn man einen Reifenplatzer hat. Ich warf mich in die Brust und kontrollierte, ob auch jeder sehen konnte, dass ich mit schweren und ernsthaften Gedanken beschäftigt war. Ich versuchte krampfhaft den Blickkontakt mit dem Verbalattentäter zu vermeiden, seine rote Krawatte schlingerte mir dennoch dauernd in den Augenwinkeln. Ich wurde wütend, trank mein Bier aus, setzte zum Gehen an, verlagerte mein Gewicht wieder zurück. Wenn ich jetzt ginge, sähe es nach Flucht aus, und ich würde zugeben, dass sein Satz mir etwas ausgemacht hatte. Außerdem käme ich wieder in seine Schusslinie und liefe Gefahr, noch ein paar flegelhafte Abschiedsworte einzustecken. *Nein, nein, diese Blöße gebe ich mir jetzt nicht.* Der Kellner kam mit einem vollen Tablett vorbei, ich bestellte noch ein Bier, warf den Kopf zurück und streifte mir die Haare meiner Siebzigerjahre-Frisur aus dem Gesicht, warf den Blick in die Runde, ließ ihn der Bar entlangstreifen: *Na, meine Damen, wie stehen die Aktien!*

Eine nach der anderen kam in den Weiblichkeitstomografen, bis alle im Umkreis meines Blickfeldes durch waren. Die Statistik war gar nicht so schlecht, aber der Abend war zu jung, man war noch nicht sehnsuchtsgeräuchert genug nach Männlichkeit, außerdem war noch Zeit, Mercedes- und Porschefahrer abzuwarten. Sie waren unter sich und hatten den Cliquenstacheldraht hochgezogen. Ich erfasste sofort, es wäre sinnlos, meine Tentakel auszuwerfen, sie würden ihr Ziel verfehlen oder zu Peinlichkeiten führen. Balzgehabe und Small Talk war mir nun doch zu anstrengend, ich stand da und strahlte, das musste genügen. Natürlich wusste ich, dass es nicht genügte. Die rote Krawatte verschwand aus den Augenwinkeln, und ich verblühte zur unsichtbaren grauen Maus. Als ich mein Bier ausgetrunken hatte und meinen Blick wieder hob, war die rote Krawatte umringt von so vielen Mädchen, dass man sie gar nicht mehr sehen konnte. Ich biss mir auf die Zunge, das Bier milderte den Schmerz, zückte schwungvoll eine Zigarette, führte sie an den Mund, klemmte sie männlich zwischen die Schneidezähne, riss lässig ein Streichholz an, versengte mir dabei die Kuppe meines Daumens und fackelte die Zigarette an – *dieser Mistkerl!*

Aber der weibliche Ring der Kraft um meinen Attentäter hatte auch den Vorteil, dass ich ungesehen entwischen konnte. Gedacht, getan – zahlte – gab schnell viel zu viel Trinkgeld, damit ich nicht auf das Wechselgeld warten musste, öffnete draußen vor der Lokaltür weit meinen Mund und saugte die Luft tief und ausladend ein. Dann zog ich weiter, den Rhythmus von Joe Cocker, der gerade noch im Lokal gedröhnt hatte, in den Beinen, ich war wieder bester Laune.

Ich klapperte ein Lokal nach dem anderen ab und landete zu später Stunde wieder in der Altstadt. Ich war besoffen, das Geld reichte noch für zwei, drei Bier, eigentlich war ich schon hundemüde, die Hoffnung auf eine aufregende Begegnung hatte ich längst aufgegeben. Ich tauchte zum Abschluss in einen Keller, nur der Vollständigkeit halber; wenn die Schürzenjagd schon ohne Erfolg sein sollte, so doch wenigstens vollständig. Ich klinkte mich ins Getümmel ein, nachdem ich mir noch eine Schachtel Zigaretten herausdrücken hatte lassen, obwohl meine Zunge schon brannte und so dick war, dass ich kaum mehr sprechen konnte, aber es war auch nicht notwendig, denn ich würde heute ohnehin kein Wort mehr sagen müssen, dafür würde ich meine Lungen mit einer dritten Schachtel Zigaretten bestrafen. Die Tanzfläche wogte, der Keller war gerammelt voll, man musste sich durch die Leute zwängen, die Körper schwitzten und dampften, hier war wenigstens gute Stimmung. Ich rastete auf meinem Platz hinter der Säule ein, einem Platz, von dem aus ich alles im Blick hatte, mich dafür niemand sehen konnte. Die Kellnerin/Bardame/Barmutter entdeckte mich sofort: „Bier?" Im Handumdrehen reichte sie mir ein Glas und ich stand, rauchte, genoss die Musik und schaute den Mädchen beim Tanzen zu, freute mich, wenn sie sich bewegen konnten, wenn nicht, war es auch gut. – *Endlich Feierabend!*

Plötzlich warf sich eine Frau vor mir an die Theke und starrte mir in die Augen. Es waren weit aufgerissene, schöne dunkle Augen, aber entweder war sie verrückt oder stand unter Drogen oder war betrunken oder alles zusammen. Kaum hatte ich ihren Blick, der sich in meine Augen bohrte, realisiert, zuckte ich mit dem Kopf zurück und setzte eine fragende Miene auf. Sie stieß sich von der Theke ab und war wieder auf der Tanzfläche. Ich überlegte, ob das ein Versehen gewesen war oder ob ihre Motorik in der Ekstase nicht mehr ganz kontrollierbar war, und versank wieder in meinem vorhersehbar vorletzten Bierglas. Wieder warf sie sich an die Theke, starrte mich an und verschwand in der tanzenden Menge. Ich konnte ihr diesmal nachschauen und stellte fest, dass sie mir durchaus gefiel. Ich drehte mich um, um eine hereinströmende Gruppe von Neuankömmlingen zu begutachten. *Willkommen im Club!*, wollte ich ihnen zurufen, drehte mich zurück und starrte in diese Augen, die mich fixierten. Ich wartete, dass sie sich wieder abstoßen würde, aber sie blieb und starrte. Dabei bewegte sie den Kopf hin und her. Sie hatte etwas von einem wilden Tier. Sie schaute und blieb stumm.

Es ist wohl an mir, etwas zu sagen?, wälzte sich zähflüssig durch meinen Kopf. *Aber was?* Da kam mir ein rettender Gedanke. Todesmutig versuchte ich auch aus mir den Geheimnisvollen zu machen und schoss einen Pfeil in die Dunkelheit, von dem ich hoffte, dass er ins Schwarze treffen möge: „Lehrerin!?"

An ihrer Reaktion merkte ich, dass ich recht hatte. *Ja!* Sie drehte wieder den Kopf, der starre Blick wurde weicher, das Fordernde wich der Verwunderung: „Woher willst du das wissen, sieht man das?"

„Ich weiß es!", sagte ich und nahm einen Schluck Bier. Mir war klar, dass ich sie in ein Gespräch verwickeln musste, bevor ich sie fragen konnte, ob sie etwas trinken wolle.

Dabei fuhr meine freie Hand an die Gesäßtasche meiner Jeans – ich wusste, dass sich dort noch Geld für ein Getränk befand. Im Gespräch mit ihr schlürfte ich an meinem Bier in möglichst kleinen Schlucken, damit ich nicht voreilig eines nachbestellen musste. Als das Gespräch warmgelaufen war und mein Bier trotz Sparsamkeit zur Neige ging, fragte ich, ob sie etwas trinken wolle, was sie verneinte, sie habe schon zwei Mineralwasser gehabt. Ich spielte Bedauern und orderte mit großer Geste bei der Barmutter mein letztes Bier. Trotz der Lautstärke hatten wir keine Probleme, uns zu verständigen. Während wir so redeten, entkräftete sich mein Anfangsverdacht, dass sie unter Drogen stehe oder betrunken sei. Sie redete klar und verständlich und konnte auch meinen Ausführungen folgen, die mit großer Emotion und bilderreich vorgetragen wurden: „Manchmal dämmert mir ein bestimmtes Theaterstück. Es kommt mir eine formlose, dunkle Ahnung, die wie ein Geruch, eine Farbe, ein Schatten ist. Dann beginnt zwangsläufig die Vorbereitung … Ich gehe auf diese formlose Vorstellung zu. Was für Menschen bewegen sich da? Was für Kostüme? Welche Farben? Theater ist … eine Reise zum Menschen! Es besteht eine geheimnisvolle Beziehung zwischen dem, was in den Worten eines Textes steckt, und dem, was zwischen den Wörtern liegt. Jeder Dummkopf kann geschriebene Worte deklamieren. Die Aufgabe ist, das zum Vorschein zu bringen, was zwischen einem Wort und dem nächsten geschieht, so subtil, dass schwer zu bestimmen ist, was vom Schauspieler und was vom Autor stammt. Ich glaube, die Zukunft des Theaters muss darin liegen, dass es über die Oberfläche der Realität hinausgeht. Wissen wir denn, wo wir im Hinblick auf das Wirkliche und das Unwirkliche, das äußere Antlitz und die verborgenen Ströme des Lebens, das Abstrakte und das Konkrete, die Geschichte und das Ritual stehen? Was sind denn heute Tatsachen? Sind sie konkret wie Preise und Arbeitsstunden – oder abstrakt wie Gewalt und Einsamkeit? Und sind wir eigentlich sicher, dass die großen Abstraktionen – Geschwindigkeit/Anspannung/Raum/Besessenheit/Energie/ Brutalität – im Verhältnis zur Lebensweise des zwanzigsten Jahrhunderts nicht konkreter sind, und unser Leben mit größerer Wahrscheinlichkeit …stärker berühren als sogenannte … konkrete Themen. … Müssen wir das nicht berücksichtigen, wenn es um den Schauspieler und das Ritual der schauspielerischen Darstellung geht, um … das Theater zu finden, das wir brauchen?"

Ich geriet ins Stocken. Ich konnte mir selbst nicht mehr folgen. Ich wusste auch gar nicht, wo das, was da so aus meinem Inneren herausblubberte, herkam. Woher kam eigentlich dieser irre Ausdruck in ihren Augen? *Die Tante ist vielleicht einfach nicht ganz dicht, die hat einen Schuss! Und da kommt sie natürlich zu dir. Das lässt tief schließen, mein Guter!*

Ich wurde mutiger und begab mich auf ihre Schiene des Überraschungsangriffs. Ich nahm unvermittelt ihre Hand, streichelte sie, versank im Streicheln ihres Handrückens, raunte: „Du hast so wunderschöne Hände! Das ist mir gleich aufgefallen!", und brach dabei in Tränen aus; ich fand, dass es zur Situation passte und ihr imponieren müsste. Ihre Hände gefielen mir wirklich gut. Da fasste sie mich mit der gestreichelten Hand im Genick, zog mich streng zu sich und steckte mir die Zunge in den Mund. Ich ließ es geschehen, konstatierte ihre weichen Lippen, ihre Zunge schnellte hin und her. *So einfach ist das! Warum immer dieses Theater! Warum immer dieses sauertöpfische Minderwertigkeitsgefasel! Du bist ein Mann, und es funktioniert immer noch am reibungslosesten, wenn man sich die Frau nimmt! Man muss einfach nur zugreifen – das gefällt ihnen am besten! Warum glauben wir als gelernte Softies immer, dass man die Frauen verstehen muss! Nein! Man muss sie sich nehmen, auch wenn man dadurch in den Verdacht gerät, ein Macho zu sein. Die Frauen haben gar nichts dagegen, genommen zu werden. Man muss nur den richtigen Augenblick erwischen, dann erspart man sich viele Blumen und Abendessen.*

Ich genoss diese Gedanken, während sich unsere Zungen überschlugen. Ich lenkte meine Konzentration in meine Hose und stellte mit Genugtuung fest, dass ich noch nicht zu betrunken war. Schon presste sie sich gegen mich und ich spürte mit Wohlwollen, wie leicht und beweglich sie war. Ich wand meine Zunge aus ihrem Mund, löste meine Lippen von den ihren und rief Richtung Bar: „Zahlen!"

Die Barmutter reagierte sofort, sie hatte verstanden – *gutes Mädchen*. Arm in Arm schleppten wir uns die Stiegen hinauf, als wäre das ein Ritual, das mehrmals in der Woche stattfand, dabei wusste ich nicht einmal, wie sie hieß. An der frischen Luft ersparte sie uns die üblichen peinlichen organisatorischen Unsicherheiten – zu dir oder zu mir, ich bin mit dem Fahrrad da, ich habe auch kein Auto, bei mir schläft die Schwester, ich habe Besuch aus Frankreich oder Ähnliches. Sie zerrte mich rechts um die Ecke: „Wir suchen ein Taxi! Ich zahls!"

Wir hatten es eilig, Zielstrebigkeit erfasste uns. Wir kaperten ein Taxi, sie nannte ihre Adresse, ich hatte sie nicht verstanden. Es war mir auch egal, wohin es jetzt ging. Als das Taxi anfuhr, lagen wir schon wieder im Clinch und schmusten, was das Zeug hielt. Ich musste mich mit Gewalt zurückhalten und begnügte mich damit, mich durch ihre Kleiderschichten zum Busen vorzuarbeiten – endlich hatte ich ihn in den Fingern und knetete eine kleine, feste Brust. Das rote Licht einer Ampel beleuchtete unsere Szene, das Taxi fuhr weiter, plötzlich rappelte sie sich hoch, kramte einen zerknüllten Hunderter heraus. Ich folgte ihr in Richtung Wohnblock, versuchte mich auf dem Weg dorthin zu orientieren, damit ich morgen in der Früh wenigstens ungefähr wusste, wo ich umging. Der Lift brachte uns in den sechsten Stock. Sie machte in ihrer Single-Neubauwohnung Licht. Ich blinzelte. Bei vollem Licht wollte ich sie nicht ansehen, um den geschmeidigen, sinnlichen Eindruck nicht zu verderben.

„Du kannst ablegen und es irgendwo hinhängen!", sagte sie. An ihren fahrigen Bewegungen und ihrer Stimme erkannte ich, dass auch sie befangen war. *Wir werden uns gleich in der Dunkelheit auf ihrem Bett wälzen und ich werde in sie eindringen und jetzt trauen wir uns nicht einmal, uns in die Augen zu sehen. Was ist das für eine Welt?* „Komm rein und schalt das Licht im Gang aus!", sagte sie im dunklen Wohnzimmer, ich schlüpfte durch die Tür hinein. *Kombiniertes studentisches Wohn-, Arbeits- und Schlafzimmer mit Doppelbett!*, ich hatte den Impuls, zum Bücherbord zu gehen, um nachzusehen, welche Bücher da geschlichtet waren – *Sag mir, welche Bücher du hast, und ich sage dir, wer du bist!* –, ließ es dann aber sein. Ich war zu müde, machte mich an meinem Gürtel zu schaffen. Die Schwerkraft zog mich aufs Bett. Bevor ich mich hinlegen konnte, kniete sie vor mir. Draußen graute der Tag.

Am nächsten Morgen erwachte ich nach wenigen Stunden Schlaf. Mein Körper fühlte sich an wie ein Sandsack, die Haut spannte, mein Kopf und meine Seele waren schon längst bei der Tür hinaus. Ich hörte Geklapper und geschäftiges Treiben in der Küche. Aufgeregt kam sie herein und servierte Kaffee. Sie wuselte herum – das machte mich nervös, weil ich nicht deuten konnte, ob sie mich draußen haben wollte oder ob sie nur darauf wartete, diese Nacht auf ein Beziehungsgleis stellen zu können.

„Wie spät ist es jetzt, bitte?", fragte ich – und als sie mir die Zeit nannte, sagte ich: „Ich muss jetzt gleich gehen!"

Wir hatten kaum drei Stunden geschlafen. Der Kaffee war gut gemeint, aber viel zu stark und zu schwarz. Plötzlich bekam ich unbändige Sehnsucht nach meiner Studentenbude, nach meinem Milchkaffee, den ich am liebsten so hell trank, dass er eher heiße Milch mit Kaffeegeschmack war, und ich sehnte mich vor allem nach einer heißen Dusche. Als sie kurz verschwand, nutzte ich die Gelegenheit, mich fix und fertig anzuziehen. Alles stank dermaßen nach Kneipe, dass ich am liebsten auf den Balkon gegangen wäre, um mich zu lüften. Jetzt machte ich mich doch in der übrigen Zeit über das Bücherregal her. Als sie wieder hereinkam, war sie verdutzt, als sie mich fix und fertig zum Sonntagsspaziergang sah. Ich verabschiedete mich; es war mir egal, wenn es nach Flucht aussah.

Kein Austauschen der Telefonnummern, kein „Wir hören voneinander!" oder „Ich ruf dich an!", kein Abschiedsschmusen, nicht einmal Bussi links und rechts, einfach nur „Ciao!", die Tür fiel hinter mir ins Schloss und hillerte durch den Wohnblock in die morgendliche Sonntagsruhe. Im Freien realisierte ich, dass es regnete. Ich ging ein Stück, da rief sie mir aus der Haustür nach: „Theo, es regnet! Soll ich dir nicht einen Schirm leihen?"

Die mütterliche Fürsorge traf mich hart im Rücken, jetzt wusste ich, was mich heute Morgen so nervös gemacht hatte – *also doch „knusper, knusper, Knäuschen".* Ich drehte mich um, da stand sie im Trainingsanzug im Haustor und hielt einen Schirm in die Höhe. Aus der Ferne hatte es etwas von einem Standbild – die Pose heroisch, die Wirklichkeit armselig und traurig. Sie tat mir fast leid, aber bevor es Mitleid wurde, winkte ich hastig und freundlich und machte mich auf den Weg, hinein in den Regen, der immer stärker wurde und der mir die gestrige Nacht vom Körper und von der Seele schwemmte. Mir fiel ein, dass ich ganz vergessen hatte, sie zu fragen, wie sie heißt. War vielleicht ganz gut so; wenn ich sie wieder einmal treffen sollte, konnte ich sie danach fragen und kam nicht in die Verlegenheit, dass ich den Namen höchstwahrscheinlich vergessen hatte.

Ich ging die Promenade entlang, bog auf die Innbrücke ein, blieb mitten auf der Brücke stehen, stützte mich auf das Eisengeländer, atmete tief und starrte auf das Wasser. Ich musste noch eine halbvolle Schachtel Zigaretten haben von gestern Nacht. *Tatsächlich!* Ich zündete mir eine an, obwohl mein Mund brannte wie ein Scheiterhaufen. Der erste Zug entzündete meinen Hals, meinen Rachen, meinen Brustkorb, meine Lungen. Ich starrte wieder ins Wasser. Metaphysisches ging mir durch den Kopf: *Wie viel Wasser habe ich hier schon fließen sehen?* oder *Wie viel Wasser werde ich hier noch fließen sehen?*, jedenfalls so etwas Ähnliches wie: *Seit ich denken kann, klebe, picke und pappe ich hier in dieser Stadt fest und trotzdem starre ich niemals auf denselben Inn!*

Nihilist!, beschimpfte ich mich und kam mir vor wie ein rauchendes Stück Hundedreck. *Stell hier keine Metaphysik auf die Brücke – postkoitaler, tiefenentspannter geistiger Höhenflug, weiter nichts, der dich deinen letzten Hunderter gekostet hat!* Ich lächelte. *Halt den Mund! Ja, so ist es und ich fühle mich gut dabei! Warum nicht!* Zur Bekräftigung trat ich auf die Zigarettenkippe und zog weiter. Ich war beschwingt und heiter. Zu

Hause ging ich zuerst genüsslich duschen, während der Kaffee durch den Filter röchelte, dann schlug ich mir den Bauch mit Milchkaffee voll, damit keine Restspannung in meinem übermüdeten Körper übrig blieb, stieg ins Bett und schlief sofort bei ungedämpftem Tageslicht ein.

Wie sollen ins Reine wir uns bringen? Ich starrte an die Decke. Ausgeschlafen, regungslos lag ich im Bett, hellwach, konnte seit Langem wieder vollständige und klare Gedanken fassen. Es war ein guter Ausritt diese Nacht, ich war zufrieden, wollte im Augenblick nichts außer daliegen, keine mahnenden Stimmen meldeten sich, mein Freund Körper war mir gut unter der Decke – auch er genoss die stressfreie Auszeit, die gefräßigen Entsprechungszwänge waren für kurze Zeit gesättigt. *Ich hatte doch etwas vor, was war das gleich? Da war doch etwas! Ich wollte etwas vorbereiten? Die Uni war es nicht … Es war etwas Angenehmes! Richtig! Es war etwas, worauf ich mich freuen konnte!*

Es dämmerte und dämmerte – *macht nichts, es ist Wochenende!* Ich hatte Zeit zum Dämmern, ich genoss den Zustand des Dämmerns, den regungslosen, schmerzfreien Abbau des Alkohols. Räume vergrößerten und verkleinerten sich in angemessenem Tempo, ohne Hektik, die Zeit in Watte gepackt, die Zukunft in weiter Ferne. Langsam öffnete sich mein Mund, die Lippen klebten ein bisschen aufeinander. Irgendwann, entschied ich, würde ich aufstehen und mir einen köstlichen, heißen Milchkaffee machen, wie ich es liebte. *Die heiße Flüssigkeit wird mir den Rachen verbrennen und dem beißenden Zigarettengeschmack den Garaus machen.* Im Geist ging ich die einzelnen Schritte des Kaffeemachens durch, überprüfte, ob ich alle Utensilien dafür zu Hause hatte, und betrachtete den geistig bildlichen Handlungsablauf als mentale Übung, in diesem Zustand sogar als mentale Vorbereitungsarbeit. Während ich geistig die Kaffeepulverlöffel hineinzählte, durchkreuzte ein Geistesblitz meine Meditationsübung. *Die Ballwoche, das war es!* Ich wollte die kommende Woche jeden Tag auf einen Ball gehen, alles peinlichst genau und strategisch vorbereiten. Wie viele Kaffeelöffel hatte ich jetzt schon? Egal – jetzt, da ich wusste, was mein Tagwerk sein würde, würde ich bald aufstehen und den Kaffee machen!

Am Küchentisch entwarf ich über meinem dampfenden Milchkaffee einen genialen strategischen Plan. Der Kernpunkt des Plans war, zunächst den richtigen Standort herauszufinden, dann wäre alles ganz einfach. In Gedanken ging ich das Kongresshaus – Schauplatz aller ausgesuchten Bälle – auf und ab. Wenn ich den richtigen Platz fände, an dem alle vorbeikommen mussten, dann könnte ich ohne großen Aufwand alle potenziellen Kontaktagen abwarten, um dann irgendwann endgültig zuzuschnappen. Dann erspare ich mir durch den richtigen Standort das Gehetze und Flanieren, das Nachlaufen und Verfolgen, was ohnehin bald unangenehm auffallen würde. Endlich war ich mir sicher, den richtigen Platz gefunden zu haben: Vor dem Eingang des Ballsaals galt es, sich einen Dauerstehplatz an der Bar zu erkämpfen, damit hätte ich zwei Fliegen auf einen Schlag – den absoluten Überblick und eine unversiegbare Getränkequelle. Ich war zufrieden mit mir. *Ein guter Plan, ein schöner Plan!* Ich schlürfte meinen immer noch viel zu heißen Kaffee aus und konnte mich getrost wieder ins Bett legen. Die Arbeit war getan; kurz, bündig, effektiv. Ich hielt den Plan für explosiv.

Als ich erwachte, war es bereits dunkel. Ich war ausgeschlafen und bester Dinge. Ich ging im Bademantel pfeifend durch die Wohnung und hatte so richtig Lust, ein prächtiges Frühstück zu mir zu nehmen. Schinken, weiche Eier und dicke Marmeladebrote schwebten mir vor. Ich hatte einen Bärenhunger. Ich legte mir eine flotte Scheibe auf den Plattenteller und begann im Hauseingang dazu zu tanzen, dass der Bademantel nur so flog. Dann fiel mir wieder mein Frühstück ein. Ich schaute auf die Uhr. Es war sieben Uhr, die Geschäfte hatten geschlossen. *Verdammt!* Außerdem hatte ich ja gar kein Geld mehr! Gestern alles versoffen! Ich dachte an mein nächtliches Abenteuer und fand, es war das Geld wert gewesen – schöne Erinnerungen haben eben auch ihren Preis. Egal, es müsste noch genügend Milch da sein für einen schönen, heißen Milchkaffee. Der würde meinen Hunger stillen und war ohnehin meine Lieblingsspeise. Zum dritten Mal an diesem Tag spannte ich also einen Kaffeefilter ein, zählte das Kaffeepulver, ließ das Wasser durch den Filter dampfen. Ein vertrautes, heimeliges Geräusch, das gut zur laufenden Musik passte. Das Töpfchen für die Milch wurde zum dritten Mal fein säuberlich ausgewaschen, darin war ich Meister, und mit der Restmilch aufgesetzt. Ein gemütlicher Patschenabend stand mir bevor. Ein bisschen lesen würde ich, Fernseher hatte ich ja keinen. Gemächlich und bewusst, so wie es die esoterischen Meister lehrten – der Weg ist das Ziel –, ging ich jede einzelne Handlung an, schlurfte durch die Wohnung, richtete mir den Schaukelstuhl, so gemütlich es ging, mit Pölstern, Stuhl als Beistelltischchen, Buch. *Das wird ein richtig gemütlicher, relaxter Abend!* Im Notfall könnte ich ja, wenn meine Kribbelei gar zu heftig wurde, ein paar Yogaübungen machen, das wäre längst wieder einmal fällig. Ja, so wäre dieser Abend nützlich, vernünftig und entspannend. Die Schallplatte war zu Ende, die Milch heiß.

Die Tasse eingeschenkt, ins Zimmer auf den Stuhl gestellt, eine neue Schallplatte. *Nichts Aufwühlendes jetzt! Klassik wäre gut und passend!* Ich landete bei einer uralten *Rigoletto*-Aufnahme, die mir meine Tante gekauft hatte, als ich so jung war, dass ich noch nicht einmal wusste, was Oper war. Da sie lange Zeit meine einzige Schallplatte war – ich hatte mir zwar einen Plattenspieler gekauft, aber für eine Schallplatte hatte es dann nicht mehr gereicht –, war ich gezwungen, sie mir dauernd anzuhören, und tat das dann auch so lange, bis mir die Oper gefiel. Das wäre jetzt auch das Richtige für meinen Heimabend, der unter dem Motto „Selbstfindung der ureigenen Individualität durch Rückkoppelung an frühere verwurzelte Geborgenheitsgefühle" stand. Da konnte nichts schiefgehen. Dieser Abend konnte nicht aus dem Gleis geraten, wenn er so eingespannt war in ein kleinbürgerliches Feierabendnetz, gearbeitet hatte ich schließlich auch. Ich dachte an meinen Plan für die nächste Woche, ließ mich im Polsterberg des Schaukelstuhls nieder, nahm das Buch zur Hand, las vorsichtshalber zur Einstimmung laut den Titel auf dem Deckel, schlug behutsam auf, um mich dann langsam zu der Seite vorzublättern, an der ich stehen geblieben war, denn dort ragte ein Lesezeichen zwischen den Seiten hervor. Ich blätterte und blätterte, las hin und wieder ein, zwei Sätze, um das Gelesene Revue passieren zu lassen, nahm einen Schluck vom Milchkaffee, damit Bewegung in die Kaffeeoberfläche kam und sich keine Haut ansetzen konnte, denn das konnte ich auf den Tod nicht ausstehen. Während ich so blätterte, kamen mir die Sätze immer fremder vor, und anstatt dass sie mir für die Fortsetzung meiner Lektüre auf die Sprünge halfen, wurde mir alles immer rätselhafter. Nichts war mir von all dem Gelesenen in Erinnerung, und wenn nicht – klar und deutlich – ein Lesezeichen zwischen zwei Seiten sich das Recht herausgenommen hätte, durch all diese Seiten gewandert zu sein, hätte ich daran gezweifelt, dieses Buch jemals in der Hand gehabt zu haben. *Das ist doch unmöglich! Nichts von dem ist mir im Gedächtnis geblieben! Was für eine Zeitverschwendung!*

Während ich mir überlegte, ob ich von vorne anfangen sollte, was der Gründlichkeit und Rechtschaffenheit dieses Abends entsprochen hätte, oder ob ich einfach unverfroren weiterlesen sollte und darauf vertrauen, dass sich das Gelesene nach dem Warmlesen plötzlich ins Bewusstsein heben würde, war die erste Seite von *Rigoletto* zu Ende. Ich stand umständlich aus dem Schaukelstuhl auf – dass Bequemlichkeit so sperrig und anstrengend sein konnte! Als ich mich vom Schaukelstuhl Richtung Plattenspieler abstieß, kam ich mit dem Ärmel des Bademantels an der Kaffeetasse an. Erschrocken drehte ich mich schnell um, viel schneller, als ich es für heute Abend vorgehabt hatte. Ich starrte gebannt auf die Tasse, die auf dem Stuhl hin und her schlingerte, dann doch nicht umstürzte, aber einen beträchtlichen Teil des Kaffees als Pfütze auf dem Stuhl hinterließ. *Auch das noch!* Der Bademantel blieb Gott sei Dank verschont. Ich ging in die Küche, um ein Tuch zu holen und die Sauerei zu entfernen, die so gar nicht ins Programm passte. Dann drehte ich die Platte um und ließ mich wieder in den Schaukelstuhl sinken. Um kein schlechtes Gewissen zu bekommen, fing ich das Buch von vorne an und redete mir reges Interesse ein. Nach einigen Seiten fiel mir auf, dass ich wieder nichts mitbekam und dass ich langsam grantig wurde. Ich sagte mir, dass, wenn ich schon in einem Schaukelstuhl säße, es viel besser ging, wenn ich zum Lesen schaukelte. Also schaukelte ich. Eine

Zeitlang beruhigte mich das, bis ich mir plötzlich unendlich alt vorkam. *Ich im Schaukelstuhl, im Bademantel, an einem Samstagabend, wo alle anderen unterwegs sind, schlürfe Häferlkaffee wie ein Opa, der seine dritten Zähne nach den Abendnachrichten im Badezimmer abgegeben hat, und lausche einer Oper.* Ich spritzte auf, nahm die Tasse, trank sie in einem Zug leer, ging in die Küche, knallte die Tasse auf den Tisch, dass der Löffel darin klingelte, riss die Kühlschranktür auf, obwohl ich wusste, dass nichts drin war, knallte sie wieder zu, setzte mich auf einen Küchenstuhl und legte meinen Kopf auf die geballte rechte Faust: *Was bin ich für ein Idiot! Ich könnte mich ohrfeigen! Warum kannst du nicht ein ganz normales Studentenleben führen wie alle anderen auch. Na ja, fast alle. Die Studenten, die du kennst, sind auch keine normalen Studenten, eher scheingeniale, größenwahnsinnige Säufer und geistige Hochstapler. Biedere, normale Studenten kennst du nur aus Erzählungen, so wolltest du nie sein — oder vielleicht geht deine Sehnsucht doch dorthin? Nein! Jetzt weiß ich es! Ich will beides!* Und zwar reziprok, wie mein Vater zu sagen pflegte: *Wenn ich zu Hause bin, will ich auf die Piste, und wenn ich unterwegs, sozusagen on the road bin, sehne ich mich nach einem gemütlichen, ruhigen Zuhause. So ist das! Du bist einfach ein Arschloch!*

Da war doch irgendein Tetrapack vom Roland im Kühlschrank gewesen. Ich öffnete ihn noch einmal und entdeckte einen Liter Orangensaft. Ich glotzte minutenlang auf den Orangensaft und versuchte, auf irgendetwas draufzukommen, von dem ich nicht wusste, was es war. Endlich durchfuhr ein leichter Schauder meinen Körper und das Ding, nach dem ich suchte, erstand vor meinen Augen, als hätte mich der Blitz der Erkenntnis getroffen, und während ich es imaginierte, liebäugelte ich mit dem Gedanken, dass dieses Ding auf mystische Weise mich gesucht hatte, in diesem Augenblick sein Dasein in meine Erinnerung gedrängt hatte, um eine chymische Hochzeit mit dem Orangensaft einzugehen und so einen süffigen Cocktail abzugeben: Es war eine Flasche Gin. Eine ganze Flasche Gin, die ich einmal geschenkt bekommen hatte und von der ich nie gedacht hatte, dass ich sie eines Tages anrühren würde. Jetzt war es so weit! Heute war der richtige Abend dafür, um mir ein richtiges Erwachsenengetränk zu mixen. Diese Flasche stand wohl schon zwei Jahre im Schrank, heute würde ich testen, ob sie ihr Geld auch wert war. Ich lief ins Zimmer, holte die Flasche, stellte sie auf den Kühlschrank, knackte den Schraubverschluss, hielt kurz inne – mit dieser Drehung des roten Verschlusses war der Bann gebrochen. Ich riss den Tetrapack aus dem Kühlschrank – *Roland wird mir verzeihen* –, angelte mir ein großes Glas und begann, den Schnaps hineinzuleeren und dann mit Orangensaft aufzufüllen. Ich setzte die Unterlippe ans Glas und schlürfte als Kostprobe in kleinen Schlucken mein von eigener Hand gemixtes Göttergetränk. Ich fand es köstlich. Das war genau das Richtige für heute Abend. Das stimmte auf den Punkt, und plötzlich, wie ausgewechselt, nichts mehr von Opa-Gefühl und dritten Zähnen, jetzt war ich wieder ein Mann! – wohlgemerkt! Noch ein Schluck – das halbe Glas war schon leer, ich spürte den Blues in mir aufsteigen, noch einmal kräftig angezogen – *ein köstlicher Saft* –, der Schnaps pulsierte schon in meinen Adern, ausgeschlürft, neu gemixt – *das macht Dampf! Das gibt Gas! – Musik! Ja, selbstverständlich – Musik! Jetzt werde ich mich und diese Bude einmal richtig zum Vibrieren bringen.* Was das plötzlich für eine Lebendigkeit war – eine Lebendigkeit und Kraft, wie ich sie kaum an mir kannte! Die musste doch irgendwo herkommen! Wo versteckst du dich bloß immer? *Vita – Vita*

— verkriechst dich in ein Eck, dass ich dich nicht mehr finde, obwohl ich so nach dir darbe, mich so nach dir sehne, dass ich die meiste Zeit in einen sauertöpfischen Gärungsprozess verfalle, den ich am liebsten in den Polsterberg meines ach! so gemütlichen, ach! so braven Schaukelstuhls heulen möchte — den mir natürlich meine Mutter geschenkt hat. Was war das für ein Leben, wenn das brave Bubi alles für seine liebe Mama tat?

Nein! Saufen tue ich noch für mich! Da passte Konstantin Wecker mit seinem Aufschrei *Willy!*, der gerade bei allen ideologischen Zimmerrebellionen über den Plattenteller spulte und als Kampfparole diente, um sich von allen realen/eingebildeten/eingeredeten Fesseln zu lösen. Unsere Eltern waren ja mittlerweile so weit mürbe, dass sie uns ohnehin, wenn auch mit Kopfschütteln, verstehen mussten, wofür wir sie natürlich noch mehr hassten, denn wo sollten wir jetzt die Feindbilder hernehmen? Es war ja schon Protest geworden, wenn man die kollegiale Saunarunde mit dem Uni-Professor, bei dem man gerade ein Proseminar absolvierte, boykottierte.

Der Gin-Anteil vergrößerte sich allmählich gegenüber dem Orangensaft, um mehr Drinks herauszubekommen, *Willy* dröhnte zum x-ten Mal durch die Wohnung, ich grölte den Refrain mit: „… gestern habens den Willy daschlogn, und heit und heit ….", dann kamen mir die Tränen. Wie wild schaukelte ich im Rhythmus mit dem Schaukelstuhl. Der Schnaps und der Schaukelstuhl ergaben ein Präriegefühl, das die Männlichkeit in mir zum Pulsieren brachte. Ich spürte, wie sich die Zipfel meines Bademantels in Cowboyüberhosen verwandelten und die Bambusholste meines Schaukelstuhls sich zu strammen, kurzen Zügeln formten, die ich fest in meinen Fäusten hielt. *Jetzt dürfte mir keiner über den Weg laufen und mir blöd kommen!* Fast wäre ich mit einem Ruck hintenüber gekippt, so wild ritt ich durch die Prärie.

Beim nächsten Glas war der Orangensaft aus, jetzt saß ich ruhig, dafür begann ich laut Selbstgespräche zu führen. Ich ließ ein paar Weisheiten vom Stapel, von denen ich morgen früh nichts mehr wissen würde, aber im Augenblick war ich stolz auf mich, dass ich das so gut und klar, auf den Punkt und explosiv rüberbrachte. Das Glas leerte sich wie von selbst, und da ich gerade in Fahrt und der Orangensafttetrapack schon im Müllkübel gelandet war, setzte ich die Ginflasche pur an und fuhr fort, mir Vorträge zu halten.

Was dann geschah, wusste ich später nicht mehr so genau, jedenfalls wachte ich um vier Uhr früh bei voller Beleuchtung im Schaukelstuhl mit einem Vollrausch auf. Ich raffte mich auf, löschte das Licht, das in den Augen schmerzte. Mein Gesicht war vom Alkohol angeschwollen und spannte, aber ich war zu besoffen, um hinauszugehen und Wasser zu trinken. Ich brach über dem Bett zusammen und war nicht mehr in der Lage, die Beine nachzuziehen, geschweige denn mich des Bademantels zu entledigen.

Gute Nacht, Cowboy!

8

Die Sonne stand schon hoch über der Nordkette, als ich mich im Bett wiederfand. Alle Sonntagsglocken hatten schon geläutet und alle Kirchgänge waren schon gegangen. Der Mittagsfrieden lag bereits über der Stadt. Ich rappelte mich hoch und entleerte zunächst meine Blase, bevor ich mich bemühte, irgendeinen klaren Gedanken zu fassen. Dann schleppte ich mich in die Küche, setzte mich an den Küchentisch, die Sonne gleißte mir ins Gesicht, ich schloss die Augen, versuchte ruhig zu atmen, mein Körper pochte vom Alkohol, die Sonne heizte mich gleich auf, ich verfiel am Tisch sitzend in ein zeitloses Halbschlafkoma. So schaute ich minutenlang meiner Körperstarre zu, in der nur ganz ruhig der Atem ging. Ich befand mich überall und nirgends. Ich war weder an einem bestimmten Ort noch in einer bestimmten Zeit. Ich hätte überall zu jeder Zeit sein können, ich hätte mich überall hinbeamen können, in jede Geschichte, in die Geschichte überhaupt, an einen Palmenstrand, in ein Gefängnis, ich hätte jeder sein können, weil ich nicht ich war. Ich stellte mir die Frage, ob das eine Möglichkeit wäre, mein Leben zu bewältigen, mein Äußeres vom Erdboden verschlucken zu lassen, in ein Raum- und Zeitloch zu fallen und nur mit meinem Innenleben auf Reisen zu gehen. Im Verschwinden war ich schon als Kind ganz groß gewesen, wie mir meine Mutter berichtete. Für das kurzfristige Verschwinden aus engen bürgerlichen Verhältnissen eigneten sich die großen Texte der dramatischen Literatur hervorragend, denn es gibt die goldene Regel: Der Schauspieler darf niemals vergessen, dass das Stück größer ist als er selbst. Wenn er glaubt, er könne das Stück in den Griff bekommen, wird er es auf seine eigene Größe zusammenstutzen. Wenn er jedoch das Geheimnis als etwas annimmt, das gerade außerhalb seiner Reichweite liegt, wird er erkennen, dass seine Empfindungen ein sehr trügerischer Führer sind. Es ist allemal besser, dass der Schauspieler sich davon leiten lässt, was das Theater mit ihm macht, anstatt dass sein Ego etwas mit dem Theater macht. Wenn man sich darauf einlässt, kann man die Erfahrung machen, dass man in einem Boot auf der heißen Lava der menschlichen Abgründe in eine Unterwelt fährt, oder dass man ein Segelschiff besteigt und sich aufs offene Meer hinaustragen lässt.

Das Einzige, was mich einigermaßen im Hier und Jetzt hielt – am Sonntag an meinem Küchentisch –, war, dass mir übel war, darüber konnte auch meine ruhige Meditationsübung „7-1-7-Mutteratem" nicht hinwegtäuschen. Langsam, ganz langsam kitzelte die Sonne das Schamgefühl an die Oberfläche, schälte es aus der Übelkeit, bis es mir zum Hals stand, ich würgte und schluckte, aber es drückte nach oben, dass es mir die Tränen in die Augen trieb. *Wer bin ich? Was tust du? Was hast du denn für einen Sinn? Wozu bist du denn auf dieser Welt! Darfst du überhaupt existieren?* Schön am Boden bleiben, wie mein Vater zu sagen pflegte – ein Kriechtier in einem erwachsenen Körper.

Ich überlegte, ob ich etwas essen sollte. Was könnte das sein? Der Kühlschrank war leer. Nun würde ich doch nicht um schwarzen Kaffee mit viel Zucker herumkommen.

Beim Gedanken, wie er mir den Magen zusammenschnüren würde, wurde mir noch übler, noch heißer im ganzen Körper. *Hecheln wie ein Hund! – Mund ganz weit auf und tief durchatmen!* Ich wollte ganz brav sein an diesem Sonntag, ich wollte Buße tun, ich duckte mich unter das Joch der Schuldgefühle. Ein besinnlicher Sonntagsspaziergang würde mich von meinen Sünden erlösen. *Ganz brav – ganz brav sein – immer schön am Boden bleiben.* Ich wollte mich für immer verstecken. *Also so einfach geht's nun auch wieder nicht!*

Irgendwann am frühen Nachmittag zog ich mir die Schuhe an – beim Bücken hämmerte mein Schädel dermaßen, dass ich Angst hatte, ich würde vornüberkippen und mein Kreislauf würde zusammenbrechen. Ich ächzte und stöhnte, schnaufte und grunzte – Gott sei Dank war ich allein –, bis ich es endlich geschafft hatte. Ich war erschöpft. Dennoch zog ich mir meinen Militär-Parka an, mein liebstes Stück, mein Markenzeichen, und schlich mich aus dem Haus. Die Straßen waren menschenleer, es würde mich niemand sehen. Ich ertappte mich bei dem Gedanken, dass ich mir am liebsten ein Bier hinter die Binde gießen würde, verwarf ihn aber sofort, außerdem hatte ich keinen Groschen in der Tasche. Mit eingezogenen Schultern trippelte ich los, war mir über mein Ziel unschlüssig und ließ mich von meinen Beinen ziehen. *Sollen sie doch die Führung übernehmen, solange ich mir die Ausflugsziele aufzähle.* Ich entschied mich für den Weg über den Alpenzoo, den konnte ich so lange gehen, wie es mir Spaß machte, bis zur Hungerburg würde ich es schon schaffen. Ich beschleunigte den Schritt, und als die Steigung begann, war ich sofort in meinem alten Bergsteigertrott, den ich so gut beherrschte und der mich auf so viele Gipfel geführt hatte. Ich versank in Gletscher- und Dreitausender-Reminiszenzen, die Hungerburg war in kürzester Zeit erklommen. Meine Lunge und mein Kreislauf jubilierten über die Frischluftzufuhr. Sie dankten es mir, indem sie mir bewiesen, dass mein Körper noch funktionierte. Ich war überrascht und erfreut – *nicht schlecht!* Oben drehte ich noch eine kleine Runde und spazierte dabei an einer Café-Terrasse vorbei, auf der sich gewöhnlich der junge Innsbrucker Jet-Set, die Neureichen und die Schönen sonnten, nach dem Schifahren auf der Seegrube. Eben wollte ich vorbeigehen und nur aus dem Augenwinkel die Anwesenden streifen, als schon jemand rief: „Theo! Was machst du denn da? Komm rein und trink etwas mit uns!"

Es war eine Frauenstimme und ich wusste sofort, wem sie gehörte. Dazu brauchte ich gar nicht ihren charakteristischen Dauerlacher zu hören, der der Aufforderung, mich zu ihnen zu gesellen, auf dem Fuß folgte. Der Lacher hatte etwas Unnatürliches, Maschinelles, jederzeit und in beliebiger Länge verfügbar. Man konnte damit demonstrieren, wie gut es einem ging, dass man immer mit allen Leuten eine Hetz hatte und dass es wieder sooo lustig war. Ich beneidete sie um ihre Einfalt und dass sie nicht durch Selbstzweifel, Grübeleien über Sinn und Unsinn des Lebens gequält und zerfressen wurde, sondern ihr Leben einfach leben konnte, denn Tiefgründigkeit und Unnahbarkeit gehen einher mit Missmut und Grant – was hat das Leben vom Durchblick, wenn es nicht gelebt wird?

Ich drehte mich überrascht zu ihr, *double take, gut gespielt*: „Ja hallo, ich hab dich jetzt gar nicht gesehen! Wie geht's?" Ich blieb am Zaun stehen, um zu demonstrieren, dass ich mich nicht niederlassen wollte.

„Jetzt komm schon rein, setz dich ein bisschen zu uns und erzähl uns was!"

Sie stellte mir ihre von der Sonne aufgeheizten Freundinnen im Bikini vor und am liebsten wäre ich hineingesprungen und hätte mich quer über alle darübergelegt. Während ich ihnen ein paar lustige Storys erzählt hätte, wären meine flinken Finger an ihren Schenkeln, Brüsten, Hintern in Sachen Kontaktagen unterwegs gewesen und nach dem dritten Bier wäre ich am liebsten … Ich hatte aber nicht einmal Geld für *ein* Bier.

„Du, nein, sehr lieb von euch … aber ich hab es eilig … ich muss wieder hinunter, die Pflicht ruft … ich hab heute noch einen nicht ganz einfachen Text für die Uni zu schreiben!"

„Geh! Komm!", posaunten die Grazien. „Das hat doch Zeit bis morgen! Heute ist der Tag zum Entspannen! Du weißt doch, heute ist Sonntag!" Brüllendes, brunftiges, furchterregendes Gelächter – unheilverkündende Amazonengeilheit braute sich unter der Nachmittagssonne für die Nacht zusammen. Menschliche Kampfraubkatzen ruhten sich vor ihren Beutezügen aus. Ich wäre gerade der richtige und willige Wollknäuel gewesen, mit dem man sich die Wartezeit vertrieb, den man ein bisschen hin und her tatzeln konnte, während man ihm Bier einflößte.

Mit Nachdruck lehnte ich noch einmal ab; ich hätte den ganzen Spaziergang über den wichtigen Text nachgedacht, jetzt hätte ich ihn fertig im Kopf und wenn ich ihn nicht gleich, dann wäre er – und so weiter. Dabei dachte ich nur daran, dass ich keinen Knopf in der Tasche hatte und dass ich nicht einmal in der Lage wäre, mir auch nur ein Glas Wasser zu bezahlen. Ich lief rot an, vor Scham und Zorn, stiefelte ohne weitere Grußformeln davon, riskierte dabei, als komischer Kauz dazustehen. Ich rammte meinen Kopf zwischen die Schulterblätter, verlängerte und beschleunigte meinen Schritt und begann mich zu beschimpfen, wobei ich der Schimpfkanonade durchaus Lautstärke gab und die Bäume am Wegesrand nicht schlecht glotzten, als sie mich so maulend vorbeitrotten hörten, so bildete ich mir es zumindest ein: „Du bist ein Trottel, Arschloch, Wixer, Dummkopf! Was fällt dir ein – alles, wirklich alles zu versaufen! Was das jetzt für eine Gelegenheit gewesen wäre!"

9

Was mache ich falsch? – Alles! Vielleicht bin ich nicht ganz richtig im Kopf? Vielleicht bin ich nicht tauglich für die Gesellschaft? Vielleicht gehöre ich nicht dazu? Vielleicht bin ich asozial? Vielleicht verstehe ich so viel vom Leben, dass ich ein normales Alltagsleben gar nicht bewältigen könnte? Aber wenn ich schon so toll den Durchblick habe und mich allen zur Verfügung stehenden Geistesmenschen nahe fühle, wie soll ich dann die Menschheit in Kenntnis davon setzen? Es müsste doch ein geeignetes Mittel geben, es müsste doch ein mir zur Verfügung stehendes Medium geben. „Theater ist niemals freie Wahl!", hat schon Diderot ausgerufen. Man geht doch zum Theater, weil einem das normale Leben zu langweilig ist. Mir ist so langweilig, dass es fast schon wehtut. Über hundert Mal habe ich den Song von Hannes Wader gehört: „Langeweiiile ist eingezogen in der Stadt …!", aber das hat auch nichts genützt. Die Dringlichkeit wurde immer größer, es brannte unter den Nägeln lichterloh! *Wann kommt es endlich zum Dammbruch? Theater heißt: wie leben! Aber wie kann mein Leben Theater leben?*

Während ich in meinem Zimmer zu Hause auf- und abging – dafür war es wirklich groß genug –, schmiedete ich folgenden Plan: In meiner bevorstehenden Ballwoche, bei diesen repräsentativen Ereignissen der Innsbrucker Gesellschaft, würde ich überprüfen, ob ich wirklich verrückt war und dazu verdammt, wie ein Vietnamveteran in den Wäldern zu leben und mich nur sporadisch als Wissender in der Dorfgemeinschaft sehen zu lassen. *Ich werde mich auf ein Zeichen konzentrieren, das mir gegeben werden wird, an dem ich erkennen kann, welcher Weg mir bestimmt ist, um mich der Menschheit mitzuteilen.*

Die Schicksalswoche – was würde sie bringen? Schulbälle, Technikerball, Alpenvereinsball und als krönenden Abschluss: den Theologenball, der als ausgelassenster Ball Innsbrucks galt – Ekstase im Geiste Christi, Jesuiten beschwören Epiphanias, Fasnachtsvoodoo mit dem Segen der Kirche. *Der Ruf eilt dem Fest voraus, Time out für die Erbsünde, der Sündenfall bleibt vor der Tür, es ist Hexensabbat, die Bacchantinnen rücken aus.*

Mit Maturaanzug gestärkt und geharnischt, konnte der Reigen der Lust beginnen. Irgendwo kam auch noch Geld her, das ich mir genau einteilen musste, aber es war genug für die ganze Woche. Auf ins Kongresshaus und den strategisch günstigsten Platz an der Bar eingenommen. Ich bestellte ein Bier, noch war nicht allzu viel los, die Gäste trudelten erst langsam ein, noch hatten die Kellner viel Zeit und Aufmerksamkeit für mich. Ich leerte das erste Glas und bestellte gleich noch eins, denn später ginge es vielleicht nicht mehr so schnell. Aber was da so an mir vorbeidefilierte, entsprach so gar nicht meinen Erwartungen. Die übliche Seifen-Musik langweilte mich jetzt schon, die Mädchen in ihren fantasielosen weißen Roben artig untergehakt neben ihren Partnern. Alles war brav. Kein Funken von anarchistischer Ausgelassenheit, keine erotischen Vibrationen. Hier war ich falsch, man ging nicht mehr allein! auf den Ball – *die Zeit der Steppenwölfe ist vorbei.*

„Noch ein Bier, bitte!"

Das Glas mit goldener Flüssigkeit zwischen den Fingern war das Einzige, worauf ich mich noch verlassen konnte. So nahm die Ballwoche in täglich wiederkehrendem Ritual ihren Lauf: Stellung an der Bar einnehmen, mich betrinken, mir meiner Einsamkeit bewusst werden, mit jedem Schluck eintauchen in den See der Trauer, bis ich bis über den Scheitel untergetaucht war, dann mich von der Bar abstoßen, Beobachtungsstreifzüge durch die Ballsäle, Schlendern durch wippende und tanzende Leiber, hie und da jemanden von der Ferne grüßen, und wenn ich ein interessantes Mädchen gefunden hatte, Angst vor dem Kontakt, weil ich lallen würde. *Also was soll's! Was soll der halbe Rausch? Resignation – dein Name ist Vollrausch!* Langsames, allmähliches Bedudeln – Ausharren bis zum Schluss! Das war mir wichtig, und der einzige Erfolg der ganzen Ballwoche war, dass ich täglich irgendwo lümmelnd, halb schlafend den gebückten Putzfrauen beim Bodenwischen auf den Arsch starren konnte.

Mein Selbstwertgefühl, das ich ausgeklügelt und strategisch aus dem Keller hatte führen wollte, war noch tiefer in die Gosse gerutscht, physische und psychische Erschöpfung fesselten mich ans Bett.

10

Am Dienstag, nach zwei Tagen Lethargie, läutete das Telefon; ich fragte mich, ob ich mich überhaupt erheben sollte. Am anderen Ende die scharfe Stimme von Günther, die Geheimnis und Dringlichkeit verhieß. „Heute 17 Uhr Café Central, der Pepi ist auch da, es gibt etwas sehr Wichtiges zu besprechen."

Wie ein guter Soldat sagte ich etwas von: „Jawohl, Sir, ich werde da sein!" Ein mulmiges Gefühl verbreitete sich in meinem Magen, ich hatte eine Ahnung, dass jetzt zum Generalangriff geblasen wurde.

Ich fand mich schon um vier Uhr ein, um ja rechtzeitig zu sein und mich in vorauseilendem Gehorsam mit ein paar Bier auf die bevorstehende, unbekannte, große Mission vorzubereiten.

Günther kam routiniert durch die Drehtür herein und blickte um sich, ob er auch gesehen würde oder ob er außer sich selbst noch jemand Wichtigen sähe – es war niemand da, das Lokal war geradezu leer –, bevor er sich zu mir setzte und meinte: „Der Pepi kommt gleich!"

Da drehte sich die Drehtür noch einmal schwungvoll im Kreis und der Pepi stand im Raum, und wenn er im Raum stand, dann stand er im Raum. Er nahm Platz und kam sofort zur Sache: „Die Bildinger hat am Adolf-Pichler-Platz in einem Hinterhof eine Galerie gemietet, eine aufgelassene Schlosserei, und da gibt es einen Keller mit einem wunderschönen Gewölbe. – Und: Sie hat mich gefragt, ob wir den Keller nicht haben wollen – für ein Theater – so einen wunderbaren Keller finden wir in ganz Innsbruck nicht mehr. Da haben dann – schätze ich mal – hundert Leute Platz. Der Adolf-Pichler-Platz ist zwar ein bisschen abgelegen, grenzt aber an die Altstadt an, und am Abend findet man dort auch gut Parkplätze. Man müsste den Keller adaptieren, ein bisschen um- und ausbauen, aber das können wir alles selber machen, dann kostet das auch nicht so viel! Und wenn es erst einmal um die Bauarbeiten geht, wärst du, Theo, gefragt!"

Ich spürte seinen durchdringenden Blick auf mir, dann begriff ich, als ich aus meinen Grübeleien hochblickte, dass mit „Theo" ich gemeint war. Während wir uns so in die Augen blickten, hatte Günther begonnen, ein Referat darüber zu halten, dass ein Theater, auch wenn es noch so klein war, die einzig richtige Plattform wäre, schlagkräftige politische Arbeit zu leisten, nicht nur mit den Aufführungen, sondern man könnte auch in der Führungs- und Leitungsform Vorbildcharakter entwickeln. Selbstverständlich werde das Theater dann einen sozialistischen Führungsstil im Kollektiv haben, wo jeder, und wirklich jeder, vom Schauspieler und Regisseur bis zur Putzfrau mitreden könne.

Einen sehr eloquenten Chef haben wir schon, aber wer putzt, ist noch nicht ganz klar! Ich zündete mir eine Zigarette an und fragte: „Und was kostet das Ganze und wo kommt das Geld her?"

Pepi warf sich in die Brust: „Das kann nicht die Welt kosten, der Keller ist wie geschaffen für ein Theater!" Er nahm eine Serviette von seinem Kaffeetablett und rief der vobeigehenden Kellnerin nach: „Mei, Maria, könnt ich einmal kurz Ihren Kugelschreiber haben?" Er machte sich über die Serviette her, kritzelte ein paar Zahlen drauf, die alle drei Nullen hinten dran hatten, machte einen Summenstrich, zählte zusammen und schließlich prangte ganz unten eine Zahl. „450.000 Schilling. Das ist nicht viel!", sagte er. „Das ist leicht aufzutreiben! Und viel mehr wird das sicher nicht kosten!"

Ich konnte gar nichts dazu sagen, denn Geldsummen in dieser Höhe waren in meinem Leben bisher nicht vorgekommen. Ich hatte einmal 11.000 Schilling auf dem Sparbuch gehabt und war mir ungeheuer reich vorgekommen. Angesichts der Rechnerei ging auch Günthers politisches Feuer auf Sparflamme, und er meinte kleinlaut: „So wenig ist das aber auch wieder nicht", aber wenn er dazu etwas sagen dürfe, er plädiere dafür, „dass ihr private Sponsoren angeht, denn wenn man öffentliche Gelder anzapft, ist man wieder gebunden, mit privatem Geld wäre man inhaltlich unabhängiger".

Ihr, ihr, ihr – warum nicht wir, wo bleibt denn da die Solidarität, mein Lieber? Ideologischer Maulheld, der sofort das goldene Seil auspackt, wenn es um die unangenehme Praxis, um die zermürbende Umsetzung und Kleinarbeit geht, um die vielen kleinen Schritte und Wege, die keiner sieht, die man nicht zur Schau stellen kann, mit denen man sich nicht produzieren kann!

Um die sinnlose Frage, ob öffentliche Gelder schmutzig oder reaktionär seien, abzuwürgen – denn wenn man Geld brauche, brauche man es –, stellte ich die Frage in den Raum: „Wann soll denn der Umbau beginnen?"

„Ja, da sind wir jetzt an einem ganz wichtigen Punkt!", sagte Pepi und wirkte leicht nervös. „Ich habe der Bildinger versprochen, ich gebe ihr morgen Bescheid!"

„Morgen!", dröhnte es durchs Lokal; der Frau Maria, die gerade zwei neue Bier brachte und neben uns stand, fielen sie vor Schreck fast aus der Hand.

„So etwas muss man schnell entscheiden, da darf man nicht lange herumdiskutieren, sonst wird das nichts!" Jetzt wurde Pepis Ton beleidigt: „Aber bitte, wenn ihr nicht wollt, dann lassen wir es, denn so toll ist das auch nicht, mit der Bildinger zu verhandeln, aber so eine Gelegenheit bietet sich nie wieder, das kann ich euch sagen!"

Wir waren zerknirscht und hatten ein schlechtes Gewissen.

„Und wann sollte der Umbau dann beginnen?", fragte ich vorsichtig.

Pepi witterte seine Chance: „Wenn wir zusagen, dann nächste Woche!"

Während ich mir das Ganze durch den Kopf gehen ließ und mir alle dabei zuschauten, wie ich um eine Entscheidung rang, denn der Umbau würde an mir hängen bleiben, das war mir klar, zerknüllte Pepi ungeduldig die Serviette, auf der er die Kalkulation erstellt hatte, und warf sie in ein leeres Bierglas.

Wenn ich einmal eine Schaufel in die Hand nehme, dann gibt es kein Zurück mehr, und ich hörte mich sagen: „Ja, okay – ich mach's!"

„Nun brauchen wir noch einen Namen für das Theater!", sagte Pepi erfreut.

Jetzt schaltete sich Günther wieder ein: „Es müsste ein programmatischer Name sein, ein Name, der ausdrückt, dass es ein Theater für die Basis ist und dass es kollektiv geführt wird. Vielleicht: *Unter der Treppe,* oder *Theater zu den dreizehn Stufen* – in Anlehnung an Jerzy Grotowskis *Theater der dreizehn Reihen.*"

„Aber da brauchen wir gar nicht lange herumreden, wie das Theater heißen wird!", würgte Pepi die Diskussion ab; anscheinend hatte er den Namen längst im Kopf und jetzt dauerte es ihm zu lange, bis wir auch darauf kamen. „Es wird *Kellertheater* heißen – ganz klassisch!"

11

Die Woche darauf verwandelte sich der ganze Hinterhof am Adolf-Pichler-Platz 8 in eine Baustelle, auf der sich rund dreißig Leute tummelten, lauter junge ehrgeizige Theaterkünstler, den Kopf voll mit Ideen, die es zu verwirklichen galt, sobald das Theater fertig war. Pepi hatte auf seiner Motivationstour derart viele Leute hinter der Ofenbank hervorgeholt, die ihre Träume schon längst begraben hatten. Da gab es die Älteren, die schon Theatererfahrung im Innsbrucker Kulturgetriebe hatten: Willi, der ideologische Tausendsassa, war wie überall sofort dabei. Susi, die ebenfalls von früheren Theatererfolgen erzählen konnte, hielt mit ihren kommunistischen Kampfparolen, die aus ihrem unglaublichen Schmollmund herauskamen, unseren Hormonspiegel in der Höhe. Stefan, der wie ich zu den Greenhorns zählte, entwickelte ob des Projektes eine nervöse Euphorie und spielte ständig mit Zeige- und Mittelfinger an seiner griechischen Kette herum. Er kannte sich bei gegenwärtigen Strömungen in der Kunstszene aus. Heinz, der als Kameramann aus der Filmecke kam, wippte ständig mit den Füßen und hüstelte mit vorgehaltener Hand. Sein Kommentar zum Projekt war, dass ihm persönlich am Theater immer zu viel geredet werde; er sei ein Bildmensch. Alois, ein verkannter Schriftsteller, behauptete, ein Theaterstück in der Schublade zu haben, mit dem man der katholischen Kirche und dem Papst einmal so richtig eins reinwürgen könnte. Wenn wir sein Stück auf den Spielplan setzen würden, wäre er bereit, am Karfreitag um drei auf seine Fleischkässemmel zu verzichten. Wir entgegneten, für diesen dramatischen Themenbereich sei Dario Fo zuständig. Dann war da noch Barbara, die sich uns vorstellte: Sie habe das Max-Reinhardt-Seminar absolviert. Es war für uns so unvorstellbar, dass es in Tirol wirklich so jemanden gab, dass wir sie stumm anstarrten. Dann brachte Pepi noch zwei Mädchen mit null Theatererfahrung, aber von ungeheurer Begabung, die unbedingt zum Theater wollten. Eine davon sei die zweite Marlene Dietrich, wie Pepi versicherte, die andere war ein offensichtliches Busenwunder. Dann verlor ich allmählich den Überblick.

Es wäre untertrieben, hätte man in diesen Wochen von Aufbruchsstimmung gesprochen, es handelte sich mehr um eine Explosion. So sah das Theater auch aus – als hätte eine Bombe eingeschlagen: die Erde aufgeworfen, ein riesiges Dreckloch, in dem kopflose Jugendliche, die von sich behaupteten, Schauspieler, Regisseure, Bühnenbildner oder Kostümbildner zu sein, mit Schaufeln bewaffnet euphorisch Schutt auf ein Förderband, das ins Freie führte, warfen. Wenn man einen Schritt zurücktrat, konnte man sehen, dass das Förderband die Hälfte des aufgeladenen Materials wieder verlor. *So wird das nie etwas. Vielleicht habe ich doch einen Fehler gemacht.*

Aber nur nicht den Arbeitseifer unterbrechen, sonst wären alle freiwilligen Arbeitskräfte auf der Stelle weggewesen. Der Dreck flog durch die Luft, Schaufel und Pickel sausten auf und nieder und schwangen in der Sonne, die durch die Luken hereinbrach. Völlig benommen durch den

Staub verließ ich den Keller und erklärte mich bereit, mit Pepis Auto einen von der Stadt zur Verfügung gestellten Kompressor zu holen. Den Kompressor brauchten wir unbedingt, denn mitten im Keller stand eine Säule, die nur dazu dagewesen war, den Amboss in der aufgelassenen Schlosserei im Erdgeschoß abzustützen. Diese Säule – drei Meter hoch, zwei Meter Durchmesser – war abzuschremmen. Angehängt war der Kompressor schnell. Mike startete und wir zogen das Ding an. Das Auto ächzte und stöhnte und würgte, und als uns der Portier des Stadtbauamtes beim Tor „viel Glück" wünschte, war uns klar, dass die Maschine, die wir im Schlepptau hatten, doch schwerer war als vermutet. Beim Bremsen hoben sich die Vorderräder in die Luft und die Anhängerkupplung streifte Funken schlagend auf dem Boden. Mike legte den Gang ein und freute sich über unseren bevorstehenden Höllenritt durch die Stadt. Es war nun schon das zweite Mal, dass mich ernsthafte Zweifel befielen, ob es richtig gewesen war, sich auf dieses Unternehmen einzulassen. Ich klammerte mich an den Haltegriff. Als wir dann vor der Hauseinfahrt am Adolf-Pichler-Platz standen, grenzte das für mich an ein Wunder. Taumelnd stieg ich aus dem Auto.

Während ich eine Zigarette rauchte und mir überlegte, was und wo ich als Nächstes anpacken sollte, ohne jemandem im Weg zu stehen, machte sich Mike am Kompressor zu schaffen und schloss den Schremmhammer an. Wie ein kleiner Bub, der mit seinem Chemiekasten seine ersten Versuche anstellt, versuchte er den Kompressor in Gang zu bringen. Er zündete die Maschine, sie rumpelte, wackelte und spuckte – gab den Geist auf. Er versuchte es noch einmal, das Schütteln und Rülpsen begann von vorne. Mike zischte: „Ich habe doch einmal gewusst, wie das geht.

Das muss doch gehen!" Der Motor rumpelte, Mike gab Gas, der Kolben startete durch und plötzlich lief der Motor rund. Ruhig und gelassen tuckerte er dahin. Mike nahm den angeschlossenen Schremmhammer, schleppte ihn zur Säule, setzte an und hämmerte auf den Betonsockel ein. Mit seinem nackten und braungebrannten Adoniskörper, auf den er so stolz war und den er gern zur Schau stellte, obwohl es noch viel zu kalt war, war er ein theatralisches Arbeiterstandbild, das sich da in den ihn umspielenden Staubwolken gegen den Rückstoß stemmte. Nach einer Viertelstunde war sein Arbeitsschub vorbei, er setzte den Hammer ab und begann zu klagen, dass ihn die Handballen schmerzten, dass ihm der Rücken weh tat und dass er den Staub nicht vertrage. *Schade, ich habe die Zeit für ein fotografisches Dokument verpasst!* Außerdem müsse er jetzt etwas essen, denn wenn er einen leeren Magen habe, sei er überhaupt kein Mensch mehr. Er huschte an mir vorbei, sagte, er sei gleich wieder da, aber ich wusste, als er den Durchgang passierte, dass er durchatmen und sich vielleicht schnell eine Zigarette anzünden würde und für sich beschlossen hatte, aus der Sache auszusteigen. Er hatte nichts gesagt, aber ich wusste es einfach. Er hatte aufgegeben. Angesichts des Presslufthammers und angesichts dieser Säule hatte ihn der Mut verlassen. Die Mühsal, die sich im Staub des Betons vor ihm auftat, hatte nichts mit seinem Leben zu tun.

Ich schlurfte zur Säule und sah den Presslufthammer quer darüberliegen, wie er schwer atmete, und ich hörte den gleichmäßigen Ton des Kompressors. Ich bückte mich, hob den Hammer auf, als würde ich ein Maschinengewehr in die Hand nehmen, setzte die Metallspitze in eine kleine Kuhle der Säule, zog die Kupplung und schon schoss das Ding aus allen Rohren und tanzte auf dem Beton, vollkommen führerlos. Ich legte das Ding wieder hin, suchte mir Arbeitshandschuhe, setze den Hammer wieder an, stemmte mich hinein und ratterte los. Jetzt hatte ich eine Aufgabe, die Säule musste weg, koste es, was es wolle. Das waren jetzt *mein* Presslufthammer und *mein* Kompressor und *meine* Säule.

Während ich so vor mich hinhämmerte, dachte ich an Mike. Ich hatte ihn bei einer früheren Theaterproduktion kennengelernt. Nachdem wir in unserem Jugendzentrum ein paar erfolgreiche Schülertheateraufführungen hinter uns gebracht hatten – „Jesuitentheater", wie die Franzosen sagen –, wagten wir uns mit „Hans Sachs Spielen" vor das Goldene Dachl: Eine Schauspieltruppe – bestehend aus Günther, Mike, Susi, ihrer Freundin Veronika und mir – hält mit Gitarre und Gesang auf einem Leiterwagen Einzug und gibt dort drei Stücke von Hans Sachs zum Besten. Wir spielten in wechselnder Besetzung und gaben das fahrende Volk. Es hatte den Charme der Amateurproduktion. Mike war unser stimmgewaltiger Herold, der auf Grund seiner Blasmusikvergangenheit ein wenigstens rudimentäres Rhythmusgefühl hatte. Er war der Einzige, der auf der Gitarre ein paar unerlässliche Griffe beherrschte. Mit einem Wort: Er war wegen seiner musikalischen Kenntnisse das Rückgrat unserer Truppe. Seine Begeisterung für das Theaterprojekt war launisch und wankelmütig. Einmal hielt er sich und die anderen für die Größten, ein anderes Mal war er zutiefst deprimiert und wollte das Ganze hinschmeißen. Er konnte sich das leisten, denn wir brauchten ihn. Das wusste er und wir hätschelten und pflegten ihn und versuchten, ihn mit unserer Begeisterung bei der Stange zu halten. Es wurde vor allem immer dann kritisch, wenn es anstrengend wurde und das Ganze nach Arbeit roch. Am liebsten absolvierte er das, was er schon konnte. Er schnallte sich gerne die Trommel um, ließ die Klöppel niedersausen und trompetete den ersten Heroldstext, weil er den in einem seiner berühmten Drei-Minuten-Energieanfällen schon gelernt hatte, dass die Hauswände der Herzog-Friedrich-Straße wackelten. Nachdem er dieses Ritual zwei Wochen lang vollzogen hatte, wir jedes Mal in Begeisterungsstürme ausgebrochen waren – auch das gehörte zum Ritual – und er jedes Mal den Applaus mit verschämtem Kleinbubenlächeln genossen hatte, bemerkte Regisseur Günther, dass das ja alles wunderbar sei, wir diesen Auftritt jetzt oft gesehen hätten und dass er das ganz großartig mache, aber dass er da noch andere Rollen und Szenen hätte, die wir jetzt auch langsam probieren sollten, wofür die gleiche Textsicherheit von Nöten sei, wie er sie uns jetzt schon zwei Wochen mit seinem wunderbaren Heroldstext vorexerziere. Wir hörten dem Ansinnen von Günther zu und starrten mit verkrampfter Rückenmuskulatur auf Mike. Zuerst, stellten wir fest, entgleisten ihm langsam die Gesichtszüge, das heißt das Unterkiefer schob sich so lange nach links, bis es fast neben dem Gesicht stand, im Gegenzug zog sich der Kopf nach rechts oben, so lange, bis es im Gesicht krachte. Dann resignierte er, man hatte den Eindruck, als würde man einem Luftballon, gefüllt mit Stolz, die Luft auslassen; das ganze Mannsbild stand auf zwei elendslangen tönernen X-Beinen. Dann brach es im breitesten Tirolerisch aus ihm heraus: „Ja, was glaubst denn du! Was glaubt denn ihr! Ich muss den ganzen Tag arbeiten, ich muss um sieben aufstehen, jeden Tag! Ich bin kein Student. Ich muss malochen. Ich kann nicht jeden Tag bis drei Uhr früh saufen und gescheit reden und diskutieren. Deswegen gehöre ich auch vielleicht nicht richtig zu euch. Ihr redet nur ständig von den Marx-Brothers. Geht ständig zu euren Karl-Marx-Bibelrunden. Aber ich bin ein Arbeiter. Ihr wisst ja gar nicht, was das heißt: arbeiten! Wenn ihr für die Theaterprobe aus dem Bett krabbelt, hab ich schon den ganzen Tag gearbeitet und bin müde. Ich wüsst mir auch etwas Besseres mit meiner Freizeit anzufangen, als mich hierher auf die Probe zu schleppen. Ihr habt es leicht, ihr könnt den ganzen Tag Text lernen – und könnt ihn trotzdem nicht gescheit. Erst wenn jeder von euch den ganzen Text fehlerfrei kann, dann könnt ihr auch zu mir was sagen. Und überhaupt, was soll denn das heißen, gelernter Text. Ihr lernt ihn doch alle erst auf der Probe, oder nicht? Und dann sollt ich als Einziger noch alle Lieder üben und mit allen einstudieren. Da kann ich ja gleich meinen Job hinschmeißen. Aber ich bin Amateur, und ich mache das aus Spaß, neben der Arbeit, und ihr seid alle Profis, und wenn ich so unter Druck gesetzt werd, dann macht es keine Freude mehr. Ich hab eh schon alles andere sausen lassen fürs Theater, aber bitte, wenn euch das zu wenig ist, dann muss ich eben aussteigen."

Während die Brandrede noch von den Hausmauern der Altstadt widerhallte, standen wir wie gelähmt und zerschmettert. Er hatte uns Schachmatt gesetzt. Günther ergriff als Regisseur als Erster das Wort: „Ja, dann wäre es schön, wenn du uns noch einmal deinen Heroldstext machen würdest!"

Mike begann wieder auf seine umgehängte Marschtrommel einzuschlagen, sichtlich beleidigt und verletzt, nach den ersten beiden Versen versagte ihm selbst dieser Text, er entschuldigte sich, versuchte es noch einmal, diesmal brachte er gar nichts heraus außer ein paar Trommelschlägen, ließ sich erschöpft auf einen Stuhl sinken und sagte, er könne nicht mehr, er habe heute einen so harten Arbeitstag gehabt, es sei seine Schuld, er hätte anrufen sollen, dass er heute nicht kommen könne, aber das Pflichtbewusstsein und der Kameradschaftssinn hätten ihn die Zähne zusammenbeißen lassen.

Die Mädchen waren alle voller Mitleid und fragten ihn, ob sie ihm vielleicht was zu trinken holen sollten.

„Wie wärs mit einem Bierchen?", trompetete Mike. Die Depression war verflogen. Mit Schwung führte er seine Malocherpranke aus gutem Hause an seine Gesäßtaschen und zückte ein Bündel Geldscheine, denn Geld hatte er immer genug – er war ja auch der Einzige, der verdiente.

„Ich lad euch jetzt auf etwas ein!", mimte er den Großzügigen und hatte sich im Nu aus der Blamage herausgekauft; angesichts der flüssigen Labung, die er uns zuteilwerden ließ, war er wieder der Größte und der Beste, denn da konnte niemand von uns armen Schluckern Nein sagen. Die Mädchen gingen mit dem großen Geldschein in der Hand los, wir plauderten ein bisschen, die Unterbrechung der Probe kam allen gelegen.

Die beiden Mädchen kamen mit berstenden Säcken zurück. Im Nu hatten alle eine Flasche Bier in der Hand, es wurde geprostet, dem edlen Spender gedankt. Die Mädchen zogen sich etwas zurück. Sie kehrten uns den Rücken zu, sie wussten, innerhalb einer Viertelstunde wären wir dermaßen beduselt, dass sie unseren Bierblicken ausgeliefert wären und keine Rede mehr wäre von Theater, Kunst und Kultur.

Günther bekam durch die Alkoholzufuhr einen Energieschub, der ihn zu massiver Probentätigkeit animierte, während wir immer mehr in einen gemütlichen Abend absackten.

„Jetzt lass uns noch das Bier trinken!", protestierten wir. Den Mädchen war schon langweilig. In regelmäßigen Abständen straften sie uns mit Blicken über die Schulter: *Blöde Männer, besoffene Arschlöcher! Wir vertun hier unsere Zeit!*

Wir glotzten zurück: *Blöde Weiber! Ihr seid euch zu gut für uns ... dann ist es eben langweilig!* Günther hatte sein Bier fast zu Ende und scharrte in der Probenbox, während wir die Gemütlichkeit beim vierten Bier retten wollten, das stand uns auch zu. Günther war sichtlich angetrunken und wollte jetzt das Regiegenie heraushängen, wozu er aber die Schauspieler brauchte. Ganz ruhig und väterlich sagte er: „Kommt, jetzt tun wir was!"

„Kommt, Mädels, es geht los!", riefen wir.

Sie kamen auf die Bühne, kicherten und tuschelten und waren gespannt, was das jetzt werden sollte.

Wir begannen eine Szene zu stammeln – irgendwelche Sätze, Erinnerungsfetzen, Peinlichkeiten flogen durch die Luft, völlig verloren auf der Bühne in der Altstadt, den Passanten, die erstaunt stehen blieben, zur Blamage freigegeben. Günther kauerte in seinem Regiesessel und krümmte sich angesichts dieser Katastrophe. Niemand wusste, wo er auf der Bühne hinlaufen sollte, Hilfe von der Regie konnten wir vergessen. Die Mädchen waren uns ob ihrer Nüchternheit weit überlegen und schnatterten Ideen durch die Gegend. Ich war zerstört, mir war jetzt alles zu viel. Mike lehnte in einer Ecke und rieb sein Gesicht an der Probenkulisse.

„Was ist los mit dir?", fragte ich, war er jetzt komplett übergeschnappt? Er drehte sich um, nahm eine Hand aus der Hose und sagte: „Theo ... ich weiß nicht, wie ich es sagen soll, aber ich kann nicht probieren, ich kann einfach nicht!"

„Jetzt hab dich nicht so! Warum kannst du nicht probieren? Ist es wegen dem Text oder bist du zu betrunken?"

„Nein, das ist es nicht!"

„Warum kannst du dann nicht proben? Wir werden die Szene schon hinkriegen. Schau, der Günther schaut schon ganz grantig!"

„Nein, ich kann nicht, wirklich nicht!"

„Warum denn!"

„Das kann ich dir nicht sagen!"

„Warum, sag es mir!"

„Aber du darfst es nicht weitersagen!"

„Nein, ich schweige wie ein Grab."

Er schluckte, seufzte, stöhnte und sah kurz zur Seite, dann sagte er: „Die Susi hat meinen absoluten Traumbusen!"

Ich drehte mich um, sah zu Susi, versuchte unter ihr T-Shirt zu schauen, um draufzukommen, was er meinte.

„Schau nicht so auffällig hin!", herrschte mich Mike an und knipste seinen Laserblick ab, der sich an ihre Brüste geheftet hatte. „Schau!", versuchte er zu erklären. „Sie hat diesen einmaligen, birnenförmigen Busen, der ein bisschen nach unten hängt und durch seine Festigkeit fast wieder nach oben geht. Und diese kleinen festen Brustwarzen, die sich so gut in den Mund nehmen lassen. Diese Brüste sind ganz selten und einmalig, und die Susi hat sie. Ich kann gar nicht hinschauen – ich werde wahnsinnig! Wenn ich sie jetzt noch länger vor mir tanzen seh, dann schnappe ich über. Drei Wochen ertrage ich das jetzt schon, ich habe gedacht, es geht vorbei, aber es wird immer schlimmer. Ich komme immer mehr zu der Überzeugung, dass die Susi den Idealbusen für mich hat. Da bin ich in all den schlaflosen Nächten draufgekommen, dass das weltweit mein Idealbusen ist. Ich habe immer gedacht, er befindet sich vielleicht in Amerika, vielleicht in Afrika, vielleicht ist er schwarz, vielleicht gelb, aber irgendwo weit weg, unerreichbar für mich, aber nun wandelt er dicht neben mir, und du weißt, ich bin nicht für die Frauen geboren. Und es zerreißt mich der Schmerz, dass ich ihn nie haben kann, weil sie nicht auf mich steht. Ich werde ihn nie in meine Hände kriegen; wenn ich daran denke, möchte ich sterben."

„Jetzt hör auf, wer sagt dir denn, dass du ihn nie haben kannst? Wer sagt dir denn, dass sie nicht auf dich steht? Alle Frauen stehen auf dich, wenn du willst!"

„Ja, das stimmt, alle Frauen stehen auf mich, wenn ich mich anstrenge! Außer der Susi! Sie – niemals! Ich glaube, ich steige aus der Produktion aus und bringe mich um! Ich halte dieses Leiden nicht länger aus!"

„Aber du müsstest doch trotzdem probieren können!"

„Nein, es ist unmöglich! Das kann ich nicht! Mein Hirn kann nicht arbeiten, wenn ich dauernd diese göttlichen Brüste vor mir sehe!"

Es war nichts zu machen, ich gab auf. Warum sollte ich immer alle motivieren? *Ich glaube, jetzt mach ich einen Abgang!*

„Mir ist das jetzt zu blöd!", rief Günther. „So mag ich auch nicht mehr probieren! Ich geh jetzt! Ihr beide tut da oben so blöd, da kann ich nicht mehr zuschauen. Ich blamiere mich ja vor den Passanten. Mike, du gehst jetzt nach Hause und schläfst dich aus und sagst uns dann, wann du wieder bereit bist zu probieren!"

„Günther, ich danke dir. Ich werde nächste Woche sicher den ganzen Text können – das versprech ich dir!"

Mike sprang von der Bühne, nahm seine Sonnenbrille und seinen Pullover, den er sich flockig um die Schultern schwang, stach durch die Herzog-Friedrich-Straße, grüßte noch einmal zurück, und befreit schlenderte er bester Dinge davon.

„Gehen wir was trinken?", fragte Günther die Mädchen, die sich nach dem Abbruch der Probe sofort daranmachten, von der Bühne zu hopsen und ihre Sachen einzusammeln.

„Ja, gut", sagten sie, „aber nicht lange." Es würde ihnen zu kalt werden, wenn sie länger sitzen blieben, meinten sie. Sie drehten Richtung Hofburg, Günther hatte es eilig, er brauchte sein Bier. Als sie schon fast in die Hofgasse eingebogen waren, drehte sich Susi um und rief: „Theo, gehst du nicht auch mit?"

„Jetzt komm schon, oder möchtest du hier auf der Bühne bleiben und alleine probieren!", setzte Günther nach.

Als wir so im Gastgarten saßen, gab es nur ein Thema: Mike. Es wurde ausgetauscht, was er zu wem gesagt hatte, irgendwelche Anekdoten von früher, halb bewundernd wurde ständig über ihn gelacht. Er war ein ergiebiges Sujet, seine Launen und Kapriolen konnten seinem Nimbus nichts anhaben. Er war der allseits beliebte Teddybär, er war das schnuckelige Riesenbaby, das man den ganzen Tag knuddeln könnte. Ich machte mit, ich erzählte, scherzte, ich prahlte mit den besten Geschichten, ich lachte – aber mir war nicht wohl dabei. Günther hatte binnen kürzester Zeit noch drei Bier getrunken, jetzt wurde er ernst, legte seine sozialistische Platte auf und begann über die Ungerechtigkeit im Verhältnis zwischen Arbeiter und Unternehmer zu referieren – nichts Aufbauendes für den späten

Nachmittag. Die Mädchen begannen umgehend zu frösteln und brachen auf. Ich hatte mir einen Pullover übergezogen und musste somit bleiben. Ich hätte ohnehin nicht gewusst, wohin mit mir.

12

Ratatatatatata! Die Spitze des Schremmhammers tanzte über die Betonsäule hinaus und wäre fast vornübergefallen. Ich konnte den Hammer gerade noch rechtzeitig abfangen und stand. Ich schwitzte, ich kontrollierte meine Hände. Nein, sie schmerzten nicht – erstaunlich –, ich stand fest auf meinen Beinen. Ich griff in die Hosentasche – ich hatte meine Armbanduhr abgezogen und eingesteckt wie mein Vater, wenn er sich zum Bergsteigen richtete – und stellte erstaunt fest, dass ich schon zwei Stunden an der Säule arbeitete. Die Zeit verging glücklich. Jetzt erst bemerkte ich die graue Staubschicht überall an mir. Es tat wohl. Die warmen Fußsohlen in den Schuhen, wie sie ganzflächig auf dem Boden standen, ich spürte die Stärke meines Körpers. War ich ein Arbeiter? – Nein, ich war als Student zu Höherem berufen – ein Intellektueller – ein geistiger Mensch! Die Bücher warteten zu Hause! Da fiel mir Mike noch einmal ein. Ich setzte den Hammer wieder an.

Mike verabschiedete sich, weil er für drei Monate zu seinem Bruder nach Afrika fliegen wollte. Nun ergab es sich, dass er sechs Wochen vor seiner Abreise aus seiner Wohnung rausmusste – es zahlte sich nicht aus, etwas Neues zu suchen. Also kam er auf mich zu; ob er nicht diese sechs Wochen mit mir in meinem Zimmer wohnen dürfe, das eh groß genug sei. Ich willigte ein und kurz darauf stand er mit seinem Hausrat vor der Tür. Er installierte einen Plattenspieler, schleppte kistenweise Platten in den zweiten Stock, legte Bob Dylan auf und drehte die Lautstärke voll auf, begann mitzusingen – in kürzester Zeit realisierte der ganze großbürgerliche Altbau, dass Mike eingezogen war. Ich versuchte ihm auszuweichen und überließ ihm das Feld während des Einzugs, indem ich mich anschickte, einen Milchkaffee zu brühen, war mir aber nicht ganz sicher, ob ich mein Zimmer für die nächsten sechs Wochen zurückerobern würde können. Immerhin: Sein Flug war gebucht, das stand fest. Mike nahm die Einladung zum Kaffee gerne an, er müsse sowieso etwas Heikles mit mir besprechen.

Während wir so in unseren Tassen rührten, druckste er herum, dass er im Augenblick zwar keine Freundin habe, weil er, wie ich ja wisse, nicht für die Frauen geboren sei, aber falls es ihm einmal passieren sollte und er könnte jemanden abschleppen oder einladen, denn hie und da müsse man eben auch seine Triebe befriedigen, die Wahrscheinlichkeit sei eher gering, aber es könne doch einmal vorkommen, dass einem eine tolle Frau über den Weg laufe, gerade wenn man nicht damit rechne, und er hätte nichts dagegen, er könne in seiner momentanen psychischen Situation etwas Aufbauendes gut gebrauchen; er schlage also vor, ein Schild zu basteln, das wir vor die Tür hängen könnten, auf dem stünde: „Bitte nicht stören!" oder „Do not disturb!" – oder: „Achtung! Fickerei!" Das wäre vielleicht für uns lustiger, nur dürften das die Mädchen nicht sehen. Natürlich, begann er seine Ausführungen zur eben aufgestellten Hausregel abzuschließen, gelte das Gleiche auch für mich; auch ich könnte mich selbstverständlich des Schildes bedienen.

Wie freundlich und gnädig von ihm, dass nicht nur er mich auf nächtliche Spaziergänge schicken darf, sondern ich ihn auch!

Ich erklärte mich einverstanden, fand das Ganze lustig und sagte, ich sei gespannt, was da auf uns zukomme.

„Du, vielleicht können wir sogar einmal Mädchen tauschen!", dröhnte er begeistert. Ich versuchte seine erotischen Fantasien wieder auf den Boden zu bringen, zuerst müsse jeder eine für sich heranschaffen – und das bitte an verschiedenen Tagen, denn am gleichen Tag hätten wir beide nicht viel davon.

Bereits am nächsten Tag bat er mich, mir für den übernächsten Abend einen ausgedehnten Spaziergang oder eine Lokalrunde einzuplanen.

„Wer ist es? Kenne ich sie?"

Nein, antwortete er nervös, das sei was ganz Spezielles, eine so zarte Pflanze, das man das gar nicht ansprechen dürfe. Er müsse vorsichtig vorgehen, nicht das Schwert, nicht das Florett, nein: die Pinzette sei hier gefragt, und ich solle nicht weiterreden, sonst fange er an zu vibrieren und er brauche jetzt eine ruhige Hand und einen klaren Kopf. Apropos ruhige Hand, er gehe jetzt Bier einkaufen, ob ich auch eines wolle …

Am übernächsten Tag machte ich mich um sieben aus dem Haus, um einen ausgedehnten Abendspaziergang anzutreten, damit Mike seine sturmfreie Bude bekam. Ich schlenderte durch die Stadt, versuchte mich in einen Touristen hineinzuversetzen. Statt mit gesenktem Kopf durch die föhnigen Straßenschluchten zu hetzen, hob ich den Kopf und der Blick glitt durch das Netz der Oberleitungen, die Häuserfronten entlang, bekanntes und altes Gemäuer erschien mir auf einmal fremd. Manches hatte ich noch nie gesehen, manches fand ich schön. Als ich an einem vertrauten Hauseck vorbeikam, wagte ich an der Tür zu rütteln. Zu meiner Überraschung war sie offen. Ich schlüpfte hinein. Sofort empfing mich ein Geruch, den ich sehr gut kannte. Wie viele Stunden hatte ich dort mit meiner großen Jugendliebe verbracht, redend, schmusend und zum ersten Mal in meinem Leben unter ein T-Shirt fassend, Brüste ertastend und liebkosend.

Die Liebe ging in die Brüche, der Schmerz blieb. Das ebenso vertraute Geräusch des Liftes katapultierte mich in die Gegenwart zurück. Ich flüchtete auf die Straße, bevor man uns entdeckte. Nein, nicht *uns*, *mich*, bevor man *mich* entdeckte. *Heute gilt der Schreck mir allein.* Damals waren unsere Leiber verschmolzen. Erwachsen, vernünftig, ernst, voller Verantwortung empfand ich unsere Symbiose, ein jäher Riss, die Entscheidung getrennter Wege ließen mich schmerzhaft erkennen, dass ich mich mit meinen Ewigkeitsgefühlen getäuscht hatte, die Endlichkeit einer Jugendliebe brach über mich herein.

Ich stand vor einer Auslage mit Herrenmode. Ich vertrieb meine Sentimentalität mit der genauen Betrachtung von Hosen und Sakkos, ob sie meinem Geschmack entsprachen und ob ich mir etwas kaufen sollte, vorausgesetzt, ich hätte wieder einmal Geld. *Aber wer weiß, ob sich die Mode bis dorthin nicht wieder vollkommen geändert hat, denn das kann dauern.* Immerhin verging die Zeit, wenn ich so in die Auslage starrte und Interesse heuchelte. Ich hasste Auslagen schauen gehen! Das fand ich weibisch! Diese Paare, die am Sonntag eingehängt nebeneinander vor den Auslagen verharrten, sich gegenseitig zuflüsterten, was ihnen gefiel, was zu teuer und was günstig sei, und vor allem, was man potthässlich fand. Dieses Raunen – „Nein, Schatzele, das ist zu teuer, du sollst nicht so viel Geld für mich ausgeben!" – ekelte mich an, dazu die Erwartungshaltung, dass der Partner es heimlich erstand und man zu Weihnachten oder zum Geburtstag den oder die Überraschte spielen konnte. *Widerlich!* Man wählte natürlich den verregneten Sonntag für die Tour de Force durch die Modelandschaft der Heimatstadt, damit die Geschäfte auch sicher geschlossen waren.

Am Eingang zur Altstadt blieb ich minutenlang stehen, weil ich nicht wusste, welchen Weg ich nehmen sollte. *Überlege – fühle – wäge ab – du hast ja Zeit.* Ich blieb so lange stehen, bis ich nicht mehr wusste, warum ich hier stand und was ich so lange überlegte. Abrupt setzte ich mich in Bewegung, war über dem Zebrastreifen und watschelte unter den Lauben. Ich duckte mich unter meinem eigenen Echo hinweg und suchte aus dem Arkadentunnel herauszukommen. Erst einmal im Schwung stand ich plötzlich auf dem Domplatz, blieb stehen, und mit den Händen in den Hosentaschen versuchte ich eine Touristenhaltung einzunehmen. Ich hob den Kopf, lehnte die Schultern zurück, stand dann im Hohlkreuz und gaffte auf die Kirchturmspitzen, versuchte etwas Charmantes an der Fassade zu finden, entdeckte aber nur geschmackloses, vor allem fantasieloses, provinzielles Imponiergehabe. Nein, wegen dieser Kirche bräuchte niemand den Fotoapparat zu zücken. Automatisch nahm ich den Weg zum Hofgarten, ging hinein, drehte dort eine Runde und setzte mich auf eine Bank. Die alten Bäume gefielen mir besser als der Dom. Die angehende Dämmerung verdunkelte die Baumkronen und wieder erstand vor mir eine Szene, die sich – ich erinnerte mich wieder – genau unter diesem Baum abgespielt hatte. *Heute also Spuren gehen* – und schon begann der Erinnerungsfilm vor meinem inneren Auge abzulaufen.

Angie – so hieß meine Jugendliebe – hatte mich in der fünften Klasse zugunsten eines älteren Schülers verlassen und diese Trennung stürzte mich in tiefste Depressionen. Ich wusste, dass das normal und eine Pubertätskrankheit war, dass Millionen anderer Mütter auch schöne Kinder hatten, wie man damals zu sagen pflegte. Besonders befremdlich war dieser Satz aus dem Mund meiner Mutter, nachdem sie zwei Jahre lang versucht hatte, meine Freundin in die Familie zu integrieren, und nun mein Gefühlsleben mit diesem Satz als lächerlich abtat. Wo waren da die liberale Anteilnahme und das Bestreben, zum eigenen Sohn eher ein freundschaftliches Verhältnis zu haben denn ein mütterliches? Ich verstand die Welt nicht mehr. Ich versuchte, mit aller mir zur Verfügung stehenden Ratio den Schock abzuschütteln, saß über meinen Schulbüchern und dachte: „Endlich kann ich lernen! Endlich kann ich mich in die Materie vertiefen! Das wollte ich schon lange! Ihr Tatendrang war ohnehin eine einzige Überforderung – du warst immer hintennach! Genieße es! Befreit vom Leistungsfreizeitstress! Bleib am Boden! Gib es halt ein bisschen billiger!"

Aber da war dieser undefinierbare Schmerz, der die Magensäure einschießen ließ und den Magen zusammenkrampfte, bis ich mich auf dem Stuhl krümmte und wand. Am liebsten hätte ich mich vom Stuhl auf den Boden fallen lassen, um dort in embryonaler Stellung zu verharren. *Fallen lassen, fallen lassen, bis es nicht mehr tiefer geht.* Das flüsterte ich immer wieder vor mich hin, während ich auf meine Bücher starrte. Die Buchstaben verschwammen, Tränen drückten sich heimlich in die Augen, lösten sich lautlos von den Augäpfeln und fielen schwer aufs Papier. Ich war allein. Die leichtfertige Trennung meiner Freundin, die etwas Besseres gefunden zu haben glaubte, war schlimm, aber die Tränen galten auch meinen Eltern, die meiner Situation und meinem umgekrempelten Gefühlshaushalt kein Verständnis entgegenbrachten. Ich war mutterseelenallein. Ich dachte an den pragmatischen Kommentar meines Vaters zu meinem Schicksalsschlag: „Ich würde dir empfehlen, die Mädchen bis nach der Matura aufzuschieben!" Damit war für ihn die Sache mit den pubertären Emotionen für die nächsten Jahre erledigt, und was immer auch in dieser Beziehung und in dieser Richtung passieren würde, er hatte meinem Gefühlsleben den Schraubstock angesetzt, an dem man beliebig drehen konnte: „Ich habe es dir ja gesagt! Aber du hörst ja nicht auf mich!" Damit war der Zirkelschluss hergestellt: Gefühle richten Unheil an – Gefühle zu haben, hat immer Auswirkungen auf die schulischen Leistungen. Das ergab eine Reihenschaltung – große Gefühle behindern die Leistung, erotische Gedanken zersetzen den Verstand, und Gedanken an die Sexualität bewirken den Ausschluss aus der Schule und damit aus der modernen Leistungsgesellschaft, die sich in Gestalt der Eltern so bemüht hat, den jungen Menschen so weit zu bringen, der das nun alles aus Undankbarkeit wegwirft.

Das schlechte Gewissen drang wie Meerwasser in ein mehrfach torpediertes Schiff. So saß ich stundenlang über meinen Schulbüchern, starrte in eingefrorener Denkerhaltung in mein Lernmaterial und war mit Herz und Seele ganz woanders. Ich dachte an meine große Liebe, ich dachte an den Betrug, der sich jetzt gerade irgendwo vollzog, und ich dachte an den Tod. Ich dachte an Erotik, und ich dachte an Sex. Ich dachte an unsere erotischen Abenteuer und wusste plötzlich, was es bedeutete, dass die wahren Abenteuer im Kopf stattfänden. Hätte sich die Tür geöffnet, hätte mein Vater einen Kontrollgang gemacht, er hätte eine bienenfleißige Bronzestatue vorgefunden, die offensichtlich nichts anderes tat, als sich stundenlang über Hausaufgaben und Bücher zu beugen. Das Standbild des ernsthaften Schülers, den man absolut unter Kontrolle hatte. Diese Bronzestatue unternahm allerdings freigeistig erotische Reisen und spulte innerlich immer und immer wieder dieselbe Videokassette ab, übte sich darin, Bilder, Geschmack und Duft der Frau seines Lebens zu sich zu holen.

Ich fing an, mich gehen zu lassen und mich fallen zu lassen. Das hatte auf meine schulischen Leistungen katastrophale Auswirkungen, was mich kalt ließ. Ich umgab mich mit einem Depressions-/Einsamkeits-/Beleidigtheitsmantel, durch den nichts hinein, aber auch nichts hinaus konnte. In Traumsequenzen hütete ich meine Verletzungen, begann Theater zu spielen, indem ich Als-ob-Situationen durchexerzierte, begann für mich Rollen zu spielen, in denen ich mir gefiel und von denen niemand etwas wusste. Der Mantel wärmte mich allmählich, die wohlig-suhlige Mischung aus Einsamkeit, Weltschmerz, Unverstandensein und Besonderheit begann mir zu gefallen. Wenigstens machten sich meine Eltern jetzt Sorgen. Ich erkannte, dass sie mir als Gescheitertem näher waren und wärmer entgegenkamen als dem Leistungsfähigen. Ich stilisierte mich zum Versager.

Dennoch ließ ich es mir nicht nehmen, mit meinem Wurschtigkeitsgefühl auf Partys zu gehen, schlug dort in einer Ecke mein Lager auf, entzündete ein Feuer aus Traurigkeit, Sinnlosigkeit und Tiefsinn. Ein psychologischphilosophisches Flämmchen beleuchtete mich, setzte mir dann den Häuptlingsschmuck der Besonderheit auf und entzündete meine Friedenspfeife der Einsamkeit. Mitten im Weltschmerz registrierte ich dennoch, dass einige Mädchen zu mir herübersahen. Ich, der Absichtslose, erregte Aufmerksamkeit? Ich, der Gefangene des Liebeskummers um die einzige Frau, die ich jemals würde lieben können, sollte in diesem Kellerloch zum Objekt der Begierde werden? Hatte ich denn tatsächlich vergessen, mir das „Achtung! Liebes- und Weltschmerz! Hoch explosiv!"-Schild umzuhängen? *Meine Damen, ich bin gebunden – nein, ich bin getrennt – nein, sie hat sich getrennt, ich bin gebunden, ich bin immer noch gebunden. Sie hat mich verlassen, das müsste man doch sehen. Und mir geht es total scheiße!* Aber vielleicht war es gerade das, was die Mädchen so anzog? Oder vielleicht sahen sie einfach nur wegen mir herüber?

Mir wurde ganz warm ums Herz und heiß in der Lendengegend. Ganz tief in der Magengrube rührte sich das kleine Männchen des Selbstwertes, durchbrach die Barriere des Unwertes, frohlockte und tanzte: *Ich bin ich und das ist gut so und es ist genug.*

Ein kleines Mädchen aus der Runde, das immer wieder zu mir herüberblinzelte, gefiel mir besonders gut. *Das nächste Mal, wenn sie vorbeihuscht, um sich auf die Toilette zu flüchten, werde ich sie ansprechen!* Als hätte sie mich gehört, stand sie auf und steuerte auf den Ausgang zu, direkt an mir vorbei. *Moment, Moment, so schnell schießen die Preußen nicht! Ich muss mich erst vorbereiten! Ich habe erst den Entschluss gefasst, für die Durchführung braucht man auch wieder Zeit! – Was bist du für ein Trottel, du hast ja nichts zu verlieren!* Jetzt musste ich etwas sagen, sonst wäre sie vorbei gewesen. „Wie heißt du?", stieß ich hervor.

Sie drehte ihren Kopf, sagte ihren Namen, den ich nicht verstand, und kletterte die Stiege hinauf.

Was war das nun? Erfolg oder Korb? Sie hatte dir geantwortet und den Namen gesagt – aber wie heißt sie? Kleines Männchen, was nun? Nun stehen wir da mit unserer Ungewissheit!

Eine sanfte Frage drang an mein Ohr: „Theo, gehst du gar nie tanzen?" Das kleine Mädchen stand vor mir und sah mich lieb an. Jetzt wusste ich zwar nicht, wie sie hieß, aber sie wusste meinen Namen? Sie drehte sich um, nahm mich ins Schlepptau und stellte mich ihren Freundinnen vor, ich setzte mich und war im Handumdrehen der Hahn im Korb, lachte und scherzte, ließ mich fallen und umnebeln vom Duft der langen Haare und vom Blumenstrauß an verschiedensten Düften, die alle zu dick aufgetragen waren.

Man stürmte auf die Tanzfläche. Das kleine Mädchen zog mich mit und ganz selbstverständlich begaben wir uns in die sogenannte Schleicher-Tanzumarmung. Die Musik wurde lauter, die jungen Körper schüttelten sich, Haare flogen, es wurde mitgesungen, der Raum vibrierte. *Ich mittendrin.* Ich trug für die Party meinen schönsten, aber viel zu dicken Pullover, in kürzester Zeit stand ich im Schweiß. Es war wunderbar. Ein allgemein bekannter „Befruchtungstango" oder „Büchsenöffner" ertönte. Sittsam begab ich mich wieder in die Schleicherumarmung und wiegte mich im Takt. Ich war nervös. Ich spürte, wie sich mein kleines Mädchen dichter an mich schmiegte. Mein Körper schrie nach Zärtlichkeit, als er diesen warmen Körper an sich spürte, der sich meinen Bewegungen und der Musik anpasste wie ein Handschuh. Mit aller Gewalt versuchte ich, nicht zu reagieren: *Das wäre doch Betrug! Ich habe eine Frau, die ich liebe. Ich kann sie doch nicht so schnell betrügen!* Da machte der DJ zu allem Überfluss das Licht aus, das kleine Mädchen zog mich zu sich hinunter und flüsterte: „Ich hab dich sehr, sehr gern!"

Ich nickte zum Zeichen, dass ich verstanden hatte, und kam mir wahnsinnig blöd vor. Indessen drehten wir uns langsam weiter, während es aus den Lautsprechern *Je t'aime!* stöhnte und dröhnte. Als sie sich noch enger an mich drückte, legte ich flüchtig meine Lippen an ihre. Sie öffnete den Mund und ihre Zunge glitt zwischen meine Lippen. Jetzt konnte ich nicht mehr anders. *Hurra! Wir schmusen! Jawohl, ich schmuse jetzt! Wir schmuuusen!*

Mein kleines Mädchen und ich schmusten, und es war gut so! Ich war fünfzehn! Ich hatte ein Recht darauf! Und zwar nicht nach der Matura, sondern jetzt! Ich war glücklich! Es sollte nie enden! Es sollte andauern bis in alle Ewigkeit! „Komm, süße Nacht, komm!", forderte einst Julia im fernen Verona, und es sollte nie Tag werden, niemals sollte sich der „neid'sche Streif am Horizont" zeigen und keine „Lerche, die Tagverkünderin" sollte jemals ihr Lied anstimmen.

Für den restlichen Abend war es um uns geschehen. Als die Party zu Ende ging, bewegten wir uns nach oben, während wir miteinander redeten, als würden wir uns schon Jahre kennen, wir nahmen unsere Mäntel, hüllten uns in unsere Schals und standen plötzlich im Freien. Es war kalt. Wir gingen drauflos, wussten beide nicht, wohin. Ich ging einfach mit und wir schickten uns an, durch den Hofgarten zu gehen. Als wir an diesem Baum vorbeikamen, vor dem ich auch jetzt saß, blieb sie stehen. Es war still. Wir begannen uns heftig zu küssen …

Ehe ich mich weiter in Erinnerungen verlor, stand ich auf und ging weiter. Aber so langsam ich auch ging, ich war viel früher am Ausgang, als ich erhofft hatte. Ich ging noch einmal um die Mauer herum, trat noch einmal durch den Eingang, durchquerte den Park noch einmal, verschränkte die Hände im Rücken, um der Zeitschleife mehr Bedeutung zu geben. *Jaja, das waren noch Zeiten!* Ich kam mir alt vor. Ich ging noch Richtung Innsteg – eine alte schöne Holzbrücke über den Inn, die ich sehr mochte. Mitten auf dem Steg beugte ich mich über die Brüstung, starrte aufs fließende Wasser und sofort überkam mich eine Vergänglichkeitsdepression, die Zeit rann durch mich hindurch wie das Wasser unter der Brücke. Bei mir floss die Zeit aber in die entgegengesetzte Richtung, von vorne nach hinten, von der Zukunft in die Vergangenheit. Siddharta in den Alpen. Eben saß ich noch auf der Parkbank und hatte Wellen von erotischen Erinnerungen und ein paar Minuten später starrte ich ins Wasser und hatte Ahnungen und Gesichte – Endlosigkeit und Weisheit taten sich auf. Ich war in Indien. Irgendwann würde auch dieses Wasser mit dem des Ganges zusammenfließen – welche Erkenntnis. Indien ist kein Land für europäische Sexualität, und der Mensch ist ein sonderbares Wesen. Mit einem hatte Schnitzler jedenfalls recht: Die Seele war ein weites Land.

Allmählich wichen Weisheit und Wissen einem schalen, teigigen Elend und aus unerfindlichen Gründen tropften Tränen in den Fluss. Es wurde dunkel, ich stieß mich von der Brüstung ab und ging langsam zurück. Wenn ich jetzt zurückschlenderte und irgendwo noch zwei Bier zu mir nahm, dann würde ich doch wohl langsam wieder zu mir nach Hause dürfen.

Dann werden sie doch ausgevögelt haben! Ich konnte nicht einmal in mein eigenes Zimmer, nur weil ich Idiot mich dazu überreden hatte lassen, diesen … diesen … bei mir wohnen zu lassen. Mit mir konnte man Schlitten fahren und sich darüber auch noch amüsieren. *Gutmütig ist okay, aber man sollte die Grenze zur Dummheit wahren, mein Lieber!*

Gegen halb elf schleppte ich mich die Stiegen zu meiner Wohnung hinauf, ich war hundemüde und besoffen, weil es mehr als zwei Bier gewesen waren. Schon im ersten Stock spitzte ich die Ohren, ob nicht vielleicht Lustschreie im Hausgang zu hören wären, vielleicht waren sie ja noch zugange. Ich hätte mich hineinschleichen können und sagen: „Ich bin jetzt da! Könnt ihr noch einen Partner gebrauchen?"

Ich verharrte kurz vor der Zimmertür und lauschte: Kein Laut, kein Reden, kein Flüstern.

Ich klopfte leise, dann fester, öffnete langsam die Flügeltür und sah Mike mit einem Buch unter der Leselampe in meinem Schaukelstuhl sitzen. Er war eingeschlafen, eine brennende Zigarette glühte zwischen seinen Fingern. Er hatte die Angewohnheit, sich kurz vor dem Einnicken noch eine Zigarette anzuzünden, die ich ihm dann meistens aus der Hand nahm und austötete. Ich schaute ihm lange zu und überlegte, ob ich ihm die Zigarette zwischen den Fingern herausschrauben sollte. *Nein, lass stecken! Mal schauen, was passiert!*

Als die Glut an seiner Haut zu sengen begann, riss er die Hand zurück, die Zigarette kullerte auf den Teppich, ich stürzte hin, nahm sie, bevor der Teppich etwas abbekam, rannte in die Küche und löschte sie unter dem Wasserhahn.

Mittlerweile rieb sich Mike das Gesicht. „Was ist los?", fragte er und gähnte.

„Das frage ich dich! Ist sie schon weg?"

„Wer ist schon weg?"

„Na deine Freundin – wegen der du die sturmfreie Bude gebraucht hast! Hast du schon gebumst?"

„Ach so – die!", sagte er mit melancholischem Unterton. „Sie ist gar nicht gekommen. Sie hat abgesagt. Aber es war mir eh recht, so konnte ich mir endlich einmal allein zu Hause einen gemütlichen Abend machen."

„Sie war gar nicht da! Sag einmal, spinnst du! Ich mache hier meine eigene Bude frei, gehe stundenlang in der Stadt spazieren, schlage die Zeit tot, damit du in Ruhe und ungestört rumvögeln kannst – und dann sitzt du zu Hause und machst dir einen feinen Leseabend? Ich könnte dich erschlagen!"

„Aber wie hätte ich dir sagen sollen, dass sie abgesagt hat?", erwiderte er hilflos. – Da hatte er recht.

„Dir traue ich zu, dass du mir einen Bären aufgebunden hast, damit du allein zu Hause sein kannst!"

Daraufhin lächelte er süffisant; er gehe jetzt schlafen, er müsse morgen wieder früh aus den Federn. Das war seine Standardausrede für alles. Ich sank ebenfalls ins Bett und schlief sofort ein.

Am nächsten Morgen schreckte ich hoch, Mike hatte wie jeden Morgen Bob Dylan zum Röhren gebracht. Balladen dröhnten durch die Wohnung, es war sieben Uhr und natürlich sang er mit. Er war bester Laune, ich saß depressiv im Bett. Ich fühlte mich in meinen eigenen vier Wänden an die Wand geklatscht, und es war niemand da, der mich herunterspachteln konnte.

Wann sind die sechs Wochen endlich um?

13

Ratatatata … jetzt hatte ich den Schremmhammer schon richtig im Griff, er war mir vertraut. Ich trug den Hammer zurück, stellte den Kompressor ab und rollte den Schlauch zusammen. Es war genug für heute. Ich streifte die Arbeitshandschuhe ab, verstaute sie im Keller, ich war zufrieden. Ich war der Letzte, die anderen hatten ihr Treiben schon eingestellt, es war ruhig, die Vögel zwitscherten in der bevorstehenden Dämmerung. Die Klinke des großen Tores in der Hand haltend, blieb ich stehen und schaute in den Hinterhof, wo das Theater entstehen sollte. Der Hof lag von der Tagessonne angewärmt so da, ruhig und friedlich, verbreitete etwas Italienisches. Das Tor schnappte krachend ins Schloss, ich stand auf dem Adolf-Pichler-Platz und überlegte, was ich jetzt am liebsten tun würde. *Am liebsten täte ich jetzt mit meiner Zufriedenheit, mit dem ganzen Dreck und Staub ein Bier trinken gehen. – Also, dann mach das doch!*

Ich war weitere drei Wochen mit meiner Säule beschäftigt und kam Zentimeter für Zentimeter in die Tiefe. Am Abend lag ich erschöpft auf meinem Bett und versuchte Handke zu lesen, was sich als sehr schwierig herausstellte, weil meine Hände von meiner geliebten Braut, dem Schremmhammer, so zitterten.

Die Schar, die sich am Anfang auf der Baustelle ge-
tummelt hatte, wurde im Laufe der Wochen immer über-
sichtlicher. Und irgendwann versickerte das kreative Potenzial immer mehr in der Stadt, wo es allerorts Wichtige-
res zu tun gab. Die Baustelle des Kellertheaters war ja
nicht die einzige basisdemokratische Front. Da gab es
mehrere Schützengräben, die linksideologische Wühlarbeit
betrieben: Das KOMM an der Universität, die „kritischen
Mediziner", da gab es wöchentliche Diskussionsrunden für
oder gegen eine Abtreibungsklinik, Maoisten, Trotzkisten,
Splittergruppen in Bakunin oder Gramsci, und es gab
selbstverständlich das basisdemokratische tägliche Brot,
die WG-Sitzungen. Alle verschwanden immer öfter, ver-
sprachen sofort wiederzukommen, während ich auf meiner
Säule stand und sie mit dem Pressluftbohrer unbeirrt und
vollkommen in mich versunken bearbeitete, von den groß-
artigsten Theaterabenden träumte, von einschneidenden
Inszenierungen und schauspielerischen Höchstleistungen.

Einer der wichtigsten ideologischen Köpfe war ein er-
fahrener Medizinstudent aus Oberösterreich, das heißt, er
hatte schon ein paar Jahre in Innsbruck auf dem Buckel
und begleitete seit Jahren auch die Kulturszene mit Rat,
weniger mit Tat, aber beim Jazz und beim Theater, da
kannte er sich theoretisch aus. Er war ein gedanklich sehr
beanspruchter und engagierter Mann, denn er musste auf
jedem Gebiet auf dem Laufenden bleiben, musste überall
mitreden – diskutieren, beurteilen, zweifeln, Aspekte auf-
werfen. Er hatte den Überblick, er war der Einzige, der
überall dabei war. Er war der Einzige, der soziopolitisch
und soziokulturell alles in der Hand hatte, die er ob der
Last, die er auf sich genommen hatte, oft und gerne über
seine Stirn streichen ließ, nicht ohne diese zuvor in Falten

gelegt zu haben. Er war der Einzige, der ideologisch motiviert an den 68er-Zigaretten Parisienne festhielt, von denen er zumindest drei Schachteln pro Tag konsumierte, und die er gerne zwischen Mittel- und Ringfinger klemmte, vielleicht als Tribut an die Frankfurter Schule oder Jürgen Habermas – wer weiß? Auf jeden Fall saugte er gerne den Rauch ein, ließ ihn dann aus dem Mund über das Gesicht aufsteigen, als könnte er im Rauch Bedeutungsvolles lesen. Ebenso vernarrt wie in seine Parisienne und als Ostösterreicher natürlich in guten und vielen Rotwein war er in schönes Schreibgerät, wie er zu sagen pflegte, von dem er sich monatlich eine Ladung kaufte – Füllfedern, Kulis, schöne Bleistifte, Farben –, denn er war natürlich auch Maler, zumindest verstand er theoretisch etwas davon. Mit dem neu Erworbenen spickte er seine ideologisch stilgerechte Jeansjacke. Wenn er nun mit Schreibgeräten neu aufmagaziniert und bewaffnet war, träumte er davon, mit seinem uralten Renault und mit einer Staffelei, vielleicht auch mit einer Unter- und einer Badehose, jedenfalls ohne Freundin, nach Italien zu fahren, vornehmlich Toskana, und einmal alles aufzuzeichnen und aufzuschreiben, was er so im Kopf hatte. Zur Zeit hetzte er jedenfalls von Gremium zu Gremium, um zu verhindern, dass die jeweiligen „idiots savants", denen jeglicher Überblick, horizontaler und vertikaler Tiefblick, Draufblick und viele andere Betrachtungsweisen fehlten, voreilige Entscheidungen trafen. Er war der Meister im Verhindern von Entscheidungen. Zumindest musste man sich nach einer einmal gefällten Entscheidung am nächsten Tag erneut zusammenrufen, um sie eventuell zu revidieren. Die Schreibgeräte blieben unbenützt, wurden irgendwo kurz auf Nimmerwiedersehen verliehen oder einfach verloren. Wie dieser Mann dennoch seine Prüfungen in Medizin absolvierte – denn das tat er –, war mir immer ein Rätsel. Dieser Mann, der alle kannte, die wichtig waren, und den auch alle, die wichtig waren, kannten, wurde Willi gerufen, und ihm verdankte ich meine Einführung in die höheren Weihen der gehobenen Innsbrucker Beislkultur.

Willi tauchte immer wieder im Hinterhof auf und hatte eine Nase dafür, wann wir gerade Pause machten oder mit der Arbeit fertig waren. Wenn wir uns die Abendsonne auf unsere verstaubten und verdreckten Gesichter scheinen ließen, gesellte er sich dazu. Wenn wir gerade darüber sprachen, wie es weitergehen solle, mischte er sich ein, hatte gute Ratschläge und bedauerte, dass er wieder einmal zu spät war, um eine Schaufel in die Hand zu nehmen. Wir bemerkten sauertöpfisch, dass er mit seinem Anzug – denn trotz seiner linken Gesinnung trug er gerne italienische Anzüge – wohl kaum geeignet sei, mit einer Schaufel zu hantieren, was er immer heftigst dementierte. Er bestand darauf, dass er sich, wenn wir nicht schon aufgehört hätten, mit großem Einsatz für die Sache und ohne Rücksicht auf Verluste zu uns gesellt hätte. Er lachte in sich hinein, indem er sich die Faust vor den Mund hielt, und diagnostizierte als Arzt ernst, dass es für unsere psychische Verfassung nichts anderes gebe als zwei Flaschen von einem köstlichen Blauburgunder, die er jetzt sofort auf seine Kosten besorgen werde. Wir waren zufrieden, und als wir dann in der Abendsonne den Wein tranken, wieder ganz versöhnt.

Trotz allem fühlte ich mich geehrt, als er mich eines Tages anrief, ob ich abends Zeit hätte, er koche heute und würde mich gerne einladen. Stolz sagte ich zu und ging extra nach Hause, um zu duschen und mir die Haare zu waschen, ich wollte mich nicht mit dem ganzen Dreck und in der Baukluft an den Tisch setzen.

Als ich bei ihm ankam, staunte ich nicht schlecht, dass die Wohnungstür sperrangelweit offen stand und eine Waschmaschine den Zutritt verstellte. Drinnen hörte ich Gebrummel von Willi, und bevor ich begriffen hatte, was da vor sich ging, hatte er mich schon angewiesen, wo ich die Waschmaschine anzufassen hätte, denn die müssten wir verliefern – an ein Mädchen, der er sie schon längst versprochen hätte und die schon ewig wartete, jetzt gebe es kein Zurück mehr.

Er redete so lange herum, bis ich ein schlechtes Gewissen gegenüber einer Unbekannten bekam. Er habe gedacht, ich käme direkt vom Bau; warum ich heute etwas Frisches angezogen hätte, verstehe er nicht. Ich war dermaßen geplättet – „schmähstad" –, dass ich nur wortlos die Waschmaschine hinuntertragen, in sein Auto packen und am anderen Ende der Stadt wieder hinaufhieven konnte. Willi kannte normalerweise die schönsten Frauen, aber diese Freundin war wohl die berühmte Ausnahme und obendrein extrem unfreundlich.

Also standen wir nach der Lieferaktion wieder auf die Straße neben seinem Auto. Ich stand frischgeduscht wieder im Schweiß und keuchte, während Willi erklärte, dass er schon viel zu spät dran sei, aber das habe sein müssen, und er müsse auf eine Sitzung der kritischen Mediziner eilen, die sicher schon auf ihn warteten. „Das ist jetzt dumm, aber ich kann dich leider nicht in die Stadt bringen, ich muss in die ganz andere Richtung!" Seine Stirn lag in Falten wie nie zuvor, die Brille rutschte auf seine charakteristische Himmelfahrtsnasenspitze. Wenigstens hatte er ein schlechtes Gewissen.

Ich murmelte etwas von „Macht nichts! Ich komme schon irgendwie hinein in die Stadt", er solle sich nicht aufhalten lassen!"

Verlegen drehte er den Kopf von einer Seite auf die andere, vermied es, mich anzusehen und starrte zwischendurch auf den Boden.

„Was ist?!", fragte ich. „Worauf wartest du noch? Jetzt fahr doch endlich!"

„Ja, eh! Ich muss jetzt! Es hilft eh nichts!", feuerte er sich an, indem er in die Knie ging, die Fäuste ballte und sie hinaufriss, dass ihm der Lederriemen seiner Tasche, die ihm über der Schulter hing, in die Armbeuge fiel. Aber er blieb stehen – *warum setzt er sich nicht ins Auto und fährt?*

„Eigentlich wollte ich jetzt mit dir fein essen und auf einen guten Rotwein gehen, Italienisch oder so, auf Griechisch hätte ich jetzt zum Beispiel auch Lust …!"

Er wurde rot, wenn er Wut oder Zorn mimte – nicht laut, nur rot. Das bewunderte ich an ihm, das hätte ich auch gerne gekonnt.

„Diese blöde Sitzung!" Seine Faust fuhr vor seinen Mund und er lachte schallend: „Ich wollte doch etwas für uns kochen, dabei bin ich nicht einmal zum Einkaufen gekommen! Naja! Dann also tschüss!" Er stieg ins Auto und war weg.

Ich stand da, sah ihm nach und wunderte mich. Wahrscheinlich ging er nur auf diese Sitzung, weil er sich in eine Medizinstudentin verschossen hatte, die er nach endlosen Diskussionen auf die Matratze kriegen wollte. Sicher war sie wieder einmal gebunden und die Aufgabe sehr diffizil. Ich kannte doch meine Pappenheimer, ich hatte sogar schon eine Ahnung, wer es war. *Ich werde ihn das nächste Mal danach fragen.*

Ich hatte Hunger. Griechisch – das war wirklich keine schlechte Idee. *Darauf hätte ich jetzt Lust! Dann tue ich mir eben allein etwas Gutes!* Insgeheim war ich froh, dass ich sein Turbogesäusel nicht den ganzen Abend gegenüber hatte. Beim Fußmarsch ins griechische Lokal erinnerte ich mich an eine Diskussion zwischen ihm und mir, schon beim Gedanken daran musste ich lachen.

Wir waren bei ihm zu Hause, nachdem wir schon ewige Zeiten um die Häuser gezogen waren. Ich überlegte kurz, ob ich mit noch mehr Wein seinen Gedanken, die er pausenlos vor sich hin strickte, noch folgen würde können. *Ich werde langsam trinken, es wird ein gemütlicher Rausch werden, und das Einzige, was passieren kann, ist, dass ich müde werde und unter Willis Monologdecke einschlafe.* Dann dürfte ich nur nicht schnarchen, denn das würde er mir übel nehmen. Er vertrug viel Widerspruch, aber nicht, dass man seine Philosophien nicht ernst nahm!

Ich schlürfte den hervorragenden Rotwein, nickte ab und zu, hatte längst den Faden verloren und machte dann einen furchtbaren Fehler. Um mich in die Diskussion zu werfen, stellte ich fest: „Mir ist das alles wurscht. Ich habe nur *ein* Problem zu lösen, das ist das Einzige, woran ich denke, vorher kann ich mich mit nichts anderem beschäftigen: Wann werde ich die Säule im Theater niedergeschremmt haben – dafür gibt es nur eine Philosophie, nämlich jeden Tag in der Früh hingehen, den Kompressor anlassen, die Arbeitshandschuhe anziehen, mich mit dem Hammer auf die Säule stellen und losrattern, bis es Abend wird, und das so lange, bis sie weg ist. Da hilft keine Philosophie und keine Theorie. Das muss ich einfach *tun*.“

Nun musste Willi seine Gedanken ordnen, um meiner zwei glatt, zwei verkehrt gestrickten Philosophie einen gefinkelten ideologischen und theoretischen Überbau entgegenzusetzen. „Na, das ist genau der Punkt!", begann er. „Ich bin davon überzeugt, wenn wir hier genügend lang diskutieren – sagen wir: drei Tage –, dann würde sich die Säule von selbst abschremmen. Dann bräuchtest du nur in drei Tagen hingehen und sie wäre weg! Man muss nur lange genug über die Dinge reden, dann tun sie sich von selbst!"

„Das glaubst du doch selbst nicht! Hast du dafür ein Beispiel?"

Jetzt hatte er Oberwasser: „Nein, aber das wäre ja der dialektische Ansatz, der sich von Sokrates bis zum Existenzialismus eines Sartre zieht, und ich bin davon überzeugt, dass das funktionieren würde. Dein Problem mit der Betonsäule wäre aber eine gute Gelegenheit, um den Beweis anzustellen, was ich schon jahrelang vorhabe!"

„Du glaubst also, wenn ich jetzt hier bleiben würde und mit dir drei Tage durchdiskutiere, dass ich dann nur aufzustehen bräuchte, mir die Zähne putzen und das Gesicht waschen, in den Keller gehen und mich davon überzeugen, dass die Säule einfach weg ist, weil sie sich durch unsere Diskussion einen halben Kilometer weiter zerbröselt hat."

„Ja!", bestätigte er. „Das müsste funktionieren!"

„Du willst damit sagen, dass es ziemlich dumm von mir ist, mich mit dem Schremmhammer an die Säule zu stellen und täglich acht Stunden draufloszurattern, wie ein Franz von Assisi der Kellertheater?"

„Ja, ich halte es wirklich für ziemlich blöd, denn wenn man sich die Sichtweise von Adorno anschaut, dann wird einem klar …"

Für Adorno, den ich ohnehin in keinster Weise verstand, fehlte mir jetzt jegliche Kraft. Da bleibe ich lieber bei Karl Popper und bei Goethes *Faust*: „Im Anfang war das Wort. / Hier stock ich schon ... nein, im Anfang war die Tat."

„Du redest so einen Blödsinn ... ich gehe jetzt!"

„Ja, siehst du! Das ist dein Fehler! Dann musst du eben wieder an deine Säule gehen, schweigen und schremmen!"

Wenn ich nicht zu müde gewesen wäre, hätte ich diesem Maulhelden um vier Uhr früh ohn' Federlesen eine in die Fresse gedonnert – denn einen Vorteil hatte die dumme, dumpfe Schremmerei, dass ich mich körperlich ziemlich kräftig fühlte –, aber wenn ich mir sein gerötetes Näschen betrachtete, ließ ich den Gedanken, es zu Brei zu schlagen, lieber wieder fallen und zog Leine.

Als ich mit meiner Müdigkeit und mit meinem Rausch durch die Straßen schlingerte, dämmerte mir, dass er mich vielleicht für ein bisschen dumm hielt, zumindest für einen tumben Toren, einen Kasperl, einen Tanzbären, den man an der Betonsäule geparkt und angekettet hatte, wie ein Fahrrad, das man immer dann hervorzog, wenn man es gerade brauchte. Aber ich war so müde, dass mir das im Augenblick ziemlich egal war; ich wollte mir diese schmerzliche Erkenntnis jetzt nicht geben.

Ich erreichte mein Zimmer, mühsam hielt ich die Augen offen und kämpfte gegen die Bleigewichte, die an den Lidern hingen, Licht brauchte ich nicht zu machen, denn es war schon hell. Während ich mich aus der Jacke schälte, dachte ich daran, dass ich mir wieder einmal sinnlos eine Nacht um die Ohren geschlagen hatte. Ich ließ mich mit lautem Stöhnen aufs Bett sinken, streckte mich durch, um mit den Händen in die Hosentaschen der Jeans zu gelangen und mich von Schlüssel, Geld, Feuerzeug und einer zerknüllten Zigarettenschachtel zu befreien, in der sich noch drei verwaiste Zigaretten wutzelten. Dann rollte ich mich zusammen und ließ meinem schmerzlichen Stöhnen freien Lauf. Die Laute wurden immer gutturaler, der Druck in der Brust ließ ein bisschen nach. Ich weinte ein bisschen. Das Tageslicht lag auf meinen Augenlidern und begleitete mich auf einer strahlendhellen Flugbahn, während ich ins Traumland hinübersegelte. *Manchmal kann ich wirklich fliegen!*

14

Die nächsten Tage vergingen. Der Kompressor tuckerte, der Schremmhammer war schon fast mit meinen Händen verwachsen und bahnte sich wie von selbst den direktesten Weg durch den Beton. Ich stand auf der kleiner werdenden Säule wie auf einem Planeten, trunken vom Lärm und dem Rattern und benebelt von Dreck und Staub. Ich wartete nur darauf, dass der kleine Prinz vorbeikam und fragte: „Warum machst du diese schwere Arbeit?"

„Weil es jemand machen muss und weil mich das traurig macht!"

„Und warum hörst du nicht einfach auf?"

„Weil mich das noch trauriger machen würde!"

„Und was hat das für einen Sinn?"

„Der Sinn ist, dass man nicht aufhört und es fertig macht, auch wenn es noch so sinnlos ist!"

Da kam mir noch ein französischer Schriftsteller in den Sinn, Albert Camus: „Man muss sich Sisyphos als einen glücklichen Menschen vorstellen!"

Ratatata-ta. Innerlich wuchs da ein Schremmhammer-Samurai heran, ich empfand das Schütteln meines Körpers und meines Kopfes schon als Zen-buddhistische Meditation und den ohrenbetäubenden Lärm als Mantra. Ein innerlicher Prozess, der sich so allmählich vollzog, eine Meditation im Alltag. Langsam begann ich die alten Meister zu verstehen, die betonten, man brauche kein Indien, man brauche kein Kloster, man könne aus allem im Leben eine Meditation machen.

Aber im Grunde waren wir alle zusammen kritische Geister, jeder auf seinem Gebiet, akademisch hochgebildet, Idealisten und Romantiker mit zerrissenen Hosen, Outcasts der Gewaltlosigkeit auf der Suche nach dem Feind, mit überbordender Liebe und einem Bedürfnis nach Haut, das uns aus allen Poren tropfte. Geistige Raufbolde in Hinterhöfen, die ideologische und kulturelle Schlachten unter den Kanaldeckeln des Establishments ausfochten. Noch waren wir „anständig und intelligent", wie Astrow im *Onkel Wanja* sagt, „noch hat uns das spießige Leben, das verächtliche Leben nicht überwuchert, noch hat uns das faulige Leben mit seinen Ausdünstungen nicht das Blut vergiftet und noch waren wir nicht so banal geworden wie alle".

Noch schirmten wir unsere Verletzungen nicht mit einer grauen Schutzschicht aus Zynismus und Abgestumpftheit ab, noch trugen wir unsere Wunden offen. Wie man seine Narben trägt, war noch nicht die Frage.

15

„Hey, jetzt bist du ja wirklich fertig mit deiner Säule!",
frohlockte eine Frauenstimme durch den Keller. Ich stellte
den Schremmhammer ab und sah im Gegenlicht den Wu-
schelkopf von Susi. Sie hatte nicht nur Mikes Traumbusen,
auch die Konturen ihres Körpers, der in einer engen Jeans
steckte, hatten etwas ungemein Aufregendes. Ich genoss
das Bild, solange es ging, und versuchte, es mir in meine
Großhirnrinde einzugraben. Es schoss mir in den Kopf,
dass schon Abend war und wir wahrscheinlich allein auf
der Baustelle waren. *Das ist ja wie im Film! Nein – das ist viel
besser als im Film, das ist die Situation, von der jeder träumt.*
Plötzlich schrie Susi aus dem Dunkeln: „Du hast so einen
geilen Arsch! – Mah!", und lachte laut.

Wie im Kameragegenschuss registrierte ich, dass sie
mich so wahrgenommen haben musste wie ich sie, und das
war mir jetzt irgendwie peinlich.

„Ich hätte heute wahnsinnige Lust, mit dir etwas trinken zu gehen!" Sie hatte sich eine Zigarette angezündet,
zog daran, und während sie den Rauch erwartungsvoll in-
halierte, zitterten ihre schönen Hände ein bisschen und ihr
Kopf mit dem halblangen Wuschelhaar wackelte ein bisschen. Ich sah ihr Gesicht – ich sah ihre Lippen, während
sie den Rauch ausstieß, ohne irgendetwas von ihrer Erotik
einzubüßen, nur ihre Augen starrten etwas weltfremd und

ängstlich durch mich hindurch. Ihr Blick verriet ihre Hilflosigkeit und dass sie es mit sich auch nicht so einfach hatte, ohne dass ich irgendetwas von ihr wusste.

„Heute bin ich müde!", sagte ich freimütig und voller
Stolz, dass ich diese meine Säule endlich bezwungen hatte.
„Aber das ist eine gute Idee! Gehen wir auf ein Bier!" Ich
war mir sicher, dass sie kein Bier trinken würde, aber ich
war stolz, dass sie mich aufgefordert hatte, mit ihr etwas
trinken zu gehen, denn ich hätte mich das sicher nicht getraut. Ich hatte immer verstohlen die Versuche der anderen
mitangehört, die sie mit Einladungen attackierten. Ich hörte aus ihren Ablehnungen die Routine heraus und dass sie
diese Versuche gewohnt war. Als wir nebeneinander den
Hof verließen und ich die Arbeitshandschuhe im Kompressor an ihrem Platz verstaute, befiel mich eine leichte
Trauer, denn das Bezwingen meiner Säule hatte mir auch
eine gewisse Sicherheit gegeben. Regelmäßigkeit hatte sich
in meinem Leben eingestellt, an der ich mich in meiner allgemeinen Ziellosigkeit festhalten konnte. Ich konnte mich
spüren, und das war unbezahlbar in meiner Situation. Wo
war die nächste Säule, die ich niederringen konnte? So ein
schönes Stück würde ich nicht wieder finden.

Gemeinsam schlenderten wir durch den halbdunklen
Hausgang und überlegten, welches Lokal wir aufsuchen
könnten. Als wir auf dem Adolf-Pichler-Platz standen, legte ich mir meinen schmutzigen Pullover um die Schultern
und steckte meine Hände in die Hosentaschen meiner verstaubten Arbeiterlatzhose. Wir steuerten auf die Altstadt zu
und fanden dann vor dem Goldenen Dachl einen Tisch im
Freien. Als die Kellnerin kam, staunte ich nicht schlecht,
als sich Susi schnurstracks ein großes Bier bestellte.

Als wir dann vor unseren kühlen Blonden saßen und uns beide mit einiger Nervosität eine Zigarette nach der anderen anzündeten, war Susi plötzlich sehr gesprächig und erzählte von ihren Theaterträumen und ihren Vorbildern – Jerzy Grotowski, Augusto Boal, Eugenio Barba, Peter Brook und Lee Strasberg – und von den Stücken, in denen sie schon gespielt hatte – Stücke vom Grips-Theater und vom Theater Rote Grütze. Diese Namen waren für mich allesamt Terra incognita, da hatte ich noch einiges nachzuholen! Ich hatte mir gerade eine zehnseitige Proseminararbeit über das Gedicht *Grodek* von Georg Trakl herausgewürgt und dafür ein Genügend kassiert, was mich schockierte; so schlecht fand ich die Arbeit gar nicht, aber das Wissenschaftliche daran ließ wohl zu wünschen übrig. Der Text war aus dem Bauch geschossen und emotionsüberladen, genau das, was man an einem wissenschaftlichen Institut nicht brauchen konnte. Ich war ziemlich plump in die Literaturerotikfalle getappt und die Strafe folgte auf den Fuß. Seither überlegte ich, ob ich mir die wissenschaftliche Denkweise und die dazugehörige germanistische Fachsprache überhaupt aneignen wollte. Da kamen mir Susis Namen und Schwärmereien über die Theaterarbeit im Kollektiv und die gemeinsame Arbeit über und mit dem Körper ziemlich gelegen, das klang alles sehr verführerisch. Als sie merkte, dass ich nicht viel verstand, wechselte sie das Thema und begann über mich zu reden, wann, wie und wo sie mich gesehen hatte und wann und wo ich ihr aufgefallen sei, wie sie mich empfinde und was sie von mir denke. Bei manchen Beschreibungen lachte sie herzlich, sodass ich annehmen konnte, dass ich mitunter immerhin großen Unterhaltungswert hatte, was mir auch nicht unrecht war. Ich lachte mit, vor allem als sie feststellte, dass ich ziemlich spießig sein musste, weil ich immer so schön sauber gebügelte Hemden anhätte, was sicher meine Mama mache, denn Hemden lehne sie schon lange ab. Für sie kämen seit Jahren nur T-Shirts in Frage und die zu bügeln weigere sie sich aus ideologischen Gründen, außerdem sehe man das bei T-Shirts nicht, ob sie gebügelt seien oder nicht. Was sei denn eigentlich für mich eine emanzipierte Frau?

Ich dachte schmerzlich an meine Jugendliebe, die in Wien Grafik studierte wie einst ihr Vater, und sagte, das hätte ich mir noch nicht überlegt.

„Bin ich eine emanzipierte Frau?"

„Wie soll ich wissen, ob *du* eine emanzipierte Frau bist, wenn ich nicht einmal weiß, *was* eine emanzipierte Frau ist!"

„Ich bin ziemlich überzeugt, dass ich eine emanzipierte Frau bin!"

„Ich glaube auch, dass du eine emanzipierte Frau bist!"

Sie sah mich direkt an – nein: Sie schaute durch mich hindurch, zog an ihrer Zigarette, die Finger und der Kopf zitterten leicht. Die Zigarette blieb nach dem Zug, der sie um zwei Zentimeter verkürzte – und Susi konnte den Rauch so wunderbar im ganzen Körper verteilen, von den kleinen Zehenspitzen bis in ihre Haarspitzen –, kurz an den vollen Lippen kleben, die immer etwas zu trocken waren, aber dermaßen durchblutet, dass man ihnen im Naturzustand unterstellte, mit Lippenstift geschminkt zu sein. Der Platz vor dem Goldenen Dachl hatte sich geleert, die Abendsonne war verglüht, die Dämmerung brach herein. Es wurde kalt, jetzt, da die Sonne plötzlich weg war, als hätte die Welt für ein paar Augenblicke Angst, dass sie am nächsten Tag nicht wiederkehren würde. Ich merkte, wie es mich fröstelte, ich schüttelte mich kurz, schaute zu Boden, sah die Pflastersteine der Altstadt, fand sie in ihrer Ordnung und Struktur schön; für solche Dinge hatte ich jetzt einen ganz anderen Blick, seit ich selbst am Bau arbeitete – solche Dinge waren mir in meinem bisherigen Leben nie aufgefallen. Das wäre bislang für meine Biografie viel zu konkret gewesen, zu wenig geistig, zu wenig theoretisch, meiner nicht würdig. Handwerk, Bauarbeit gab es in meinem Denken gar nicht. Das war einfach da.

„Theo!", rief Susi. „Mir ist ein bisschen kalt, lass uns woanders hingehen – ich habe riesige Lust auf noch ein Bier!"

„Ja, wohin?"

„Lass uns ins Hofgartencafé gehen … dort ist es nett!"

Wir schlenderten durch die Altstadt. Stolz ging ich in meiner verdreckten Arbeiterkluft an den Boutiquen vorbei, in denen sich die hochnäsige Innsbrucker Gesellschaft, die alles im Griff hatte, einkleidete. Wir setzten uns im Hofgartencafé in eine geschützte Laube, in der uns von oben ein Heizstrahler mit Wärme versorgte, und als die Kellnerin kam, bestellte Susi gleich das Bier für mich mit, sie werde mich einladen, sagte sie. Sie war beschwingt und bester Dinge, Verlorenheit und Hilflosigkeit waren gewichen, Freude und Lebendigkeit nahmen von ihr Besitz, ihre Augen leuchteten. Ich erzählte eine Geschichte nach der anderen, kein Theoretisieren, eher anekdotische Weltbetrachtungen, allemal ein offenes System. Geschlossene Systeme empfand ich als Freiheitsberaubung und als „missionarrisch".

Susi hörte interessiert zu, ihr Mund war halbgeöffnet, ihre Lippen zitterten leicht beim Zuhören, immer wieder lachte sie herzlich, gluckste, drückte mit ihren schönen

Fingern mein Knie, schlürfte an ihrem Bier, die leeren Gläser mehrten sich auf dem Tisch, und immer wieder rief sie: „Mei, du bist so liab!"

Während wir in unserer Laube saßen, brach die Nacht vollends herein und der Mond ging auf. Die Zeit und das Bier verrannen wie im Flug. Ich war immer im Schatten der älteren Freier gestanden, Susi war vier Jahre älter als ich, was in diesem Alter einiges ausmachte – vier Jahre in dieser Alterskategorie waren quasi eine Generation.

„Gehen wir noch in den Jazzkeller! Ich möchte jetzt noch einen Wein trinken!", schlug sie vor. Der Weg vom Mondschein beleuchtet, gingen wir in die Altstadt und tauchten hinunter in den vielgerühmten und traditionsreichen Jazzkeller, den ich – für mich war er Neuland – neugierig inspizierte, der uns umgehend in seine feuchte Schummrigkeit aufnahm. Wir setzten uns an ein Ecktischchen, die Kellnerin kam, und obwohl mich Susi aufforderte, auch Wein zu trinken, blieb ich beim Bier, was bei der Lautstärke noch relativ einfach zu bestellen war, aber bei der Kommunikation der beiden Damen über den Wein wurde es schwierig: „Welchen Wein habt ihr denn!", schrie Susi die Kellnerin an. Die Kellnerin schrie zurück, nur am Aufzeigen der einzelnen Finger an einer Hand und an den Lippenbewegungen konnte ich erkennen, dass sie die etwas aufzählte. Ich verstand kein Wort, aber Susi brüllte zurück: „Ich nehme ein Viertel Chianti!"

Als die Kellnerin mit dem Tablett wiederkam, stellte sie mir das Bier vor die Nase, als sie aber den Wein auf den Tisch stellte, der ein spanischer Wein und fast doppelt so teuer war, reklamierte Susi, das sei der falsche, sie habe Chianti bestellt, war aber gnädig, die Kellnerin könne den spanischen dalassen. Nachdem wir beide einen Schluck getrunken hatten, schwiegen wir eine Weile, das Reden hier war unvergleichlich anstrengender und mühsamer als im Hofgartencafé. Susi sah mir lange ins Gesicht, was mir allmählich unangenehm wurde. „Ich würde wahnsinnig gerne wissen, wie du küsst?!", sagte sie. Ich beugte mich vor und berührte ihre Lippen mit meinen, und damit meine Kostprobe nicht so trocken war, schob ich meine Zunge leicht aus dem Mund. Dann zog ich mich wieder zurück und sah ihr in die Augen. Sie nahm einen Schluck Wein, und als sie das Glas wieder abgestellt hatte, beugte ich mich wieder vor und küsste sie. Diesmal traute ich mich etwas mehr. Ich kam mir vor wie ein kleiner Krampus, den der Teufel ritt, der sich diese Frechheit herausnahm und damit rechnete, in der nächsten Sekunde eine schallende Ohrfeige zu kassieren. Aber sie öffnete den Mund und erwiderte den Kuss. Sie schien zufrieden, ich glaubte, die Prüfung bestanden zu haben, und glitt wieder aus ihrem Mund. Sie schüttelte sich, rieb ihre Oberschenkel mit den Handflächen und frohlockte: „Mei, das ist aber fein!"

Das hättest du dir nicht gedacht, was! Jetzt kennst du eines meiner Geheimnisse!

In Wahrheit glühte ich, ich war geschmeichelt, gebauchpinselt – ich war bis über beide Ohren verliebt, ich begehrte diese Frau ebenso wie alle anderen, nur durfte ich mir das in der dritten Reihe nicht eingestehen, weil ich immer *anders* sein musste, wenn ich glaubte, etwas nicht kriegen zu können, etwas nicht allein haben zu können oder in Konkurrenz mit anderen treten zu müssen.

Um meinen dampfenden Kessel an überbordenden Gefühlen, der ordentlich durcheinandergekommen war, zu überspielen, versuchte ich trotz des Musiklärms noch ein paar Geschichten anzubringen. Während ich plauderte, schnitt mir Susi immer wieder das Wort ab, indem sie ihre Lippen auf meine drückte. Irgendwann aber kam sie zu einem ernsten und heiklen Thema: Sie erzählte von ihren Angstzuständen, dass auch Tabletten nicht viel nützten und sie nicht allein schlafen könne. Sie fühle sich schutzlos, wenn nicht jemand bei ihr sei. Jetzt sei sie schon ein paar Nächte in ihrer Wohnung in der Altstadt allein und sie fürchte sich vor dem Heimkommen. Sie dürfe gar nicht daran denken, wenn sie wieder im obersten Stock in ihrem Bett liege. Der Mond scheine durch das Dachfenster, leuchte unheimlich am Firmament, wie ein Damoklesschwert, das drauf und dran ist, durch ihr Dach zu sausen – sie starre auf die Mondsichel und höre auf jedes Geräusch in diesem alten Haus, in dem man jeden Knarzer der Holzstiege höre und jeden Tapser einer Katze auf den Blechdächern. Der Nachbar unterhalb sei zwar immer freundlich, aber jeden Tag besoffen, und sie habe Angst, dass er eines Tages zu ihr herauftaumeln, an der Tür pochen, sich auf sie stürzen und sie vergewaltigen würde. Wenn er sie auf der Stiege sehe, bleibe er vor seiner Haustür stehen und werfe ihr so lange geile Blicke nach, bis sie in der Stiegenrundung verschwunden sei.

Sie brach abrupt ab und blinzelte mich an, als erwarte sie jetzt etwas ganz Logisches von mir.

Ich hatte keine Idee, was das sein könnte, und blieb stumm, schaute aber ernsthaft und betroffen zurück.

Sie zog mich zu sich heran, schmuste wie wild mit mir und rieb gleichzeitig mit ihren Handflächen ihre Oberschenkel. Dann lachte sie kehlig und stieß mich mit der Nase auf die Frage, die sie sich von mir erwartet hatte: „Kannst du heute Nacht nicht bei mir übernachten, damit ich keine Angst zu haben brauche?"

„Ja, ja klar!", sagte ich in ärztlichem Ton.

„Aber nur übernachten", sagte sie schnell, „mein Freund ist erst seit einer Woche in Amerika und ich kann dir eine Couch im Nebenzimmer anbieten – aber das ist mir vielleicht zu weit weg. Dann müsstest du am Boden vor meinem Bett schlafen, viel größer ist mein Schlafzimmer nicht. – Das ist vielleicht wieder zu nah. Herrgott, ich weiß es nicht! Wir werden sehen – jetzt zahlen wir einmal und gehen heim, ich lade dich ein; als Belohnung, weil du ein guter Wachhund sein wirst!"

Dabei lachte sie und begann mich noch einmal wild zu beschmusen.

Theo, Theo – sind wir wieder einmal Froschkönig! Es ist mir heute egal, diese Schmuserei ist so wohlig und dieses Mädchen ist Balsam für meinen geschundenen Selbstwert, der von den Pferden meiner eigenen Ansprüche schon längere Zeit hinterdrein geschleift wurde!

Wir machten uns auf, kletterten umschlungen die Stiegen hinauf und verließen das Lokal. Susi nahm ihren Wachhund an die Leine und wir begaben uns um die Ecke, wo sie neben dem Dom wohnte. Sie warnte mich vor dem ohrenbetäubenden Glockengebimmel in der Früh, aber das machte mir keine Sorgen. Es war spät, das Stiegenhaus lag im Stockdunklen und wir tasteten uns auf Zehenspitzen in den letzten Stock hinauf. Ich bestand die erste Prüfung – hinter ihr herzuschleichen – mit Bravour, „der Indianer in der Nacht" war mein Spezialfach.

Drinnen wurde nicht lange gefackelt. Susi zog sich aus und ging zu Bett, während ich mir im Bad eine späte Katzenwäsche angedeihen ließ. Sie legte mir ein nicht ganz sauberes Lammfell vors Bett, auf dem ich liegen durfte. Flugs ein Leintuch darübergeworfen, eine Decke darauf und ich war zufrieden. Als ich aus dem Bad kam, war ich so müde, dass ich keinerlei sexuelle Anstalten mehr machte; wir hatten ja eine Abmachung. Ich wollte ihr natürlich auch zeigen, dass ich ihr Vertrauen schätzte und mein Charakter als Mann und Gentleman es mir gebot, es niemals zu missbrauchen, und dass es kein Problem für mich war, mich vor ihrem Bett auf den Boden zu legen. Also lag ich auf einem rohen Bretterboden im letzten Stock eines Hauses in der Innsbrucker Altstadt neben dem Dom und war stolz darauf, der vielbegehrten Susi für heute Nacht ihre Schlafängste, Lebensängste oder Todesängste nehmen zu dürfen. Noch völlig benebelt von den intensiven Schmusereien war ich stolz darauf, dass gerade ich es war, der ihr gefiel. Ich zählte mir – bereits im Halbschlaf dahindösend – alle diejenigen auf, die mich jetzt beneideten. Sie sollten grün und gelb werden vor Neid! Nicht weil ich hier auf dem Bretterboden vor ihrem Bett zwischen knäuelgroßen Staubwutzeln lag, sondern wegen unserer Kussorgien; ich war mir sicher, davon hatte jeder, an den ich jetzt dachte, schon geträumt. Susi beugte sich aus dem Bett zu mir herunter und sagte, sie wolle mich noch einmal küssen, bevor sie das Licht ausmache. Als ich mich ihr nach oben entgegenstreckte und sie zu mir herunter, hatte ich dann doch ein komisches Gefühl – wie ein Schoßhund, den man gerade erstanden hatte und dem man noch einbläuen wollte: „Schön liegen bleiben! Schön auf Platzi gut schlafen! Nicht ins Bett von Frauli kommen!" Dann wurde es dunkel, ich drehte mich auf die Seite. Es zog mir übers Gesicht wie in einer Vogelsteige und es roch nach Staub. Ich kam mir vor wie bei meinen Nächten im Schlafsack unter freiem Himmel in Hochanatolien. Ich verstand ihre Ängste nicht, denn neben ihrer Wohnung ragte der Kirchturm des Doms empor, und ich spürte schon den Schutz des bischöflichen Ordinariats. Ich dachte an all die Bergsteiger in Tirol, die aus Trainingszwecken für hochalpine Bergtouren bei Minusgraden auf dem Balkon übernachteten, um mich zu trösten. Aber dann spürte ich ein Kitzeln auf meinem Gesicht: *Jetzt fangen auch noch Spinnen an, mir über das Gesicht zu krabbeln – verdammte, versiffte Studentenbude!*

Ich wollte gerade wütend zupacken, als ich ein Atmen hörte und wusste, dass es sich nicht um eine Spinne handelte, sondern um das krause Wuschelhaar von Susi. Das Atmen kam immer näher, sie sagte nichts, nur ihre Lippen suchten in der Dunkelheit die meinen. Ich kam ihr entgegen. Wir umarmten uns aufs Wildeste, sie begann in der Umarmung mich nach oben zu ziehen und holte mich ins Bett. Sie drängte sich an mich und flüsterte: „Es ist mir doch lieber, wenn du bei mir schläfst! Sonst habe ich doch ein bisschen ein schlechtes Gewissen!"

Ich eroberte ihren Körper in der Dunkelheit Zentimeter für Zentimeter, wir waren noch stundenlang ineinander verschlungen, bis uns endlich die Augen zufielen. Ich kann mir nicht vorstellen, dass Susi in dieser Nacht Angst hatte.

Ich hatte mich bewährt und wurde öfter als Wachhund engagiert; die Nächte, in denen wir unsere Körper eroberten und erforschten, wurden immer länger, und ich wünschte, ihr Freund würde ewig in Amerika bleiben.

16

Der Umbau zum Kellertheater wurde mühsamer und die Baustelle geriet langsam ins Stocken. Seit ich mich nicht mehr an meiner Säule festhalten konnte, flitzte ich kopflos herum, wollte alles gleichzeitig machen, packte da an, packte dort an, hatte keine Richtung und kein Ziel mehr und das Unternehmen verlor rasch an Zug. Nach dem übergroßen Anfangselan machte sich bemerkbar, dass es mehr Leute gab, die mitredeten und gute Ratschläge gaben, als solche, die sich wirklich die Arbeitshandschuhe überstreiften und mit anpackten. Dass der ursprüngliche Eröffnungstermin nicht zu halten war, wurde immer klarer. Der Baufortschritt in der Galerie der Bildinger überflügelte unseren bei Weitem, und als ihre ersten Pressemeldungen über die Eröffnung hinausgingen, war das Kellertheater gerade mal eine Baugrube, die sich nicht und nicht ausheben ließ. Ein Architekt, ein Freund vom Pepi, war nämlich einmal kurz vorbeigekommen, um uns mit Ratschlägen vom Fach zu versorgen, und hatte festgestellt, dass wir das Bodenniveau um achtzig Zentimeter senken und Lüftungsschächte hineinbetonieren müssten, damit wir halbwegs gute Luft in den Keller kriegen könnten. Die Ratschläge waren zwar gut, aber damit hatten wir uns eine nie enden wollende Buddelei aufgehalst. Wir hatten nicht geahnt, dass man aus so einem kleinen Keller so viel

Schutt hinausbefördern konnte. Vor der Eröffnung der Galerie gaben wir uns noch einen Ruck und beschlossen, die Eingangsstiege zu schalen und zu betonieren, damit man am Tag der Galerieeröffnung wenigstens in das Theater hinuntergehen und sich einen Vorgeschmack davon holen konnte, wie das fertige Werk einmal aussehen würde. Wir rissen noch einmal an, standen acht bis zehn Stunden täglich am Bau, und als wir mit einer Partie Sandler – denen wir einen mickrigen Stundenlohn und eine Kiste Bier bezahlten, denn das Geld war uns ausgegangen – begannen, den Beton in die Verschalung zu gießen, krachte alles zusammen. Unsere handwerklichen Fähigkeiten reichten gerade mal zum Ausschaufeln eines verschütteten Kellers. Schweren Herzens mussten wir den Bau zwischenzeitlich einstellen. Als uns Pepi diese Entscheidung mitteilte, war ich erleichtert, und zugleich hätte ich heulen können vor Wut.

Wir versammelten uns im Café Central, um Trübsal zu blasen und unsere Enttäuschung zu zelebrieren. Ich war froh, dass diese hektische Plackerei vorübergehend vorbei war und dass ich diese Horde von Schreihälsen auf der Baustelle nicht mehr sehen und hören musste. Ich war froh, dass ich meine erste Arbeitslatzhose entsorgen konnte, die sich ohnehin schon aufgelöst hatte und nur mehr von Dreck und Schutt zusammengehalten wurde. Ich war froh, dass ich mich wieder in die kontemplative Ruhe und Konzentration des germanistischen Instituts zurückziehen konnte und im neunten Stock des GeiWi-Turms, stundenlang über einem Alibi-Buch sitzend, zum Fenster hinausträumen, meine Gedanken schweifen lassen konnte, über Innsbruck hinwegsehend, die Jahreszeiten, die Wetter- und Lichtwechsel beobachtend. Von hier aus konnte ich

Innsbruck in allen Himmelsrichtungen überschauen – ob Patscherkofelblick, ob der Blick hinauf ins Oberinntal, an der Martinswand vorbei, ob der Blick auf die machtvolle Erscheinung der Serles, ob der Nordkettenblick, bei dem man sich auf gleicher Höhe mit der Höttinger Alm wähnte oder ob hinunter bis zum Kellerjoch, unter dem ich in Schwaz, der Silberstadt, meine Großmutter wohnen wusste, die mir dort in ihrem Haus und in ihrem Garten meine Kindheit aufbewahrte.

Aus dem Treffen, bei dem wir besprechen wollten, wie es nun weitergehen sollte, wurde allmählich ein Leichenschmaus, und all unsere schönen Worte hatten bereits Verwesung im Unterton. Günther war seit Langem wieder einmal pünktlich, ausgerechnet heute hätte er ruhig zu spät kommen können, aber er wusste, hier roch es nach einer Leiche, schon beim Hinsetzen hatte er den feurigen Blick eines Henkers. Kaum hatte er seinen Hintern auf das Polstermöbel gesetzt und kaum bot sich ihm die Möglichkeit, das Wort zu ergreifen, begann er loszupoltern: „Auf diesen Augenblick habe ich gewartet! Ich habe gewusst, dass euch die Luft ausgehen würde! Ich habe von Anfang an gewusst, dass dieses Projekt zum Scheitern verurteilt ist!" Er ätzte über etwas, das er selbst mitinitiiert hatte. Zu diesem Zeitpunkt, als er glühender Theater- und Literaturmensch war, konnte noch niemand wissen, dass er drei Monate später mit Leib und Seele Journalist sein sollte und dass ihm dort die bessere und bequemere Karriere winkte. „Das war von Anfang an ein Luftschloss, und so, wie ihr das angegangen seid ... nur Dilettanten und Träumer können so unbeholfen agieren ... dann auch noch unter dem Deckmantel der Liberalität und Toleranz ... in eine politische ... rechtsradikale Falle zu tappen ... Subventionen nehmen ... und sich von Anfang an verkaufen … so ein Schwachsinn, so eine Dummheit … jetzt sitzt ihr auf einem Loch in irgendeinem Hinterhof, den niemand kennt … wisst weder vor noch zurück … habt schon so viel öffentliches Geld hineingesteckt, das ihr verantworten müsst, niemals zurückgeben könnt … dieses Geld ist verloren … dafür werden sie euch hängen! … nichts mit Avantgarde zu tun … von vornherein nur bürgerlich … schon der Name „Kellertheater" … der Name allein sagt schon alles … dreißig Jahre zu spät … überholt und im Ansatz patriarchalisch … postfaschistisch … frauenfeindlich!"

Ich klappte die Ohren zu, trank mein Bier und versenkte mich in das Bild meines Onkels. Ich wusste, dass er mir eins auswischen wollte, weil ich bei Susi den Wachhund spielte.

Die nächsten Wochen erholte ich mich von meiner Bauarbeitertätigkeit in den Vorlesungen über deutsche Lyrik und mittelalterliche Spruchdichtung – und vor allem in der Mensa, in der ich hübsche, fleißige Studentinnen vom Studieren abhielt. Seit ich meine Säule und meinen Schremmhammer verloren hatte, verspürte ich unbändige sexuelle Regungen; zum ersten Mal in meinem Leben bildete ich mir ein, ein Prolo zu sein, und gestand mir ein, dass es mir gerade nicht um Romantik oder um Beziehung ging, sondern um Sex, um puren Sex! Ich bildete mir ein, einen intensiven/durchdringenden/undurchdringlichen Blick zu haben, mein Gang wurde breitbeiniger, beckenlastiger und langsamer, als wäre ich einem Western entsprungen, täglich schlurfte ich am späten Vormittag – die Sonne stand meistens schon hoch, fast high noon – aufs Institut oder in eine Vorlesung. Tragischerweise trug ich ein Schild umgehängt: „Achtung: supergeil!", und mein

Bocksgeruch strömte kilometerweit in alle Richtungen, mein geheimnisvoller Blick glich dem eines Triebtäters. Am frühen Abend schleppte ich mich dann in irgendeinen Kinofilm. Am Kino interessierten mich die großen Gefühle und der Schmerz. Ich war unauslöschlich geprägt von *Love Story*, dem Film der 70er Jahre, der mich mitten in meiner Pubertätskrise, die mit vierzehn voll ausbrach, erwischte. Trennung/Verlust – Erkennen, dass man allein auf der Welt ist – Einsamkeit/Traurigkeit/Vergänglichkeit. Ich weinte gerne im Kino. Die unverzichtbaren Aschantis, die ich während des Films in mich hineinstopfte, waren große, orangefarbene Tränen, an denen ich schluckte und würgte. Ich war nicht der „Chinese des Schmerzes" (Peter Handke), ich war der „Cineast des Schmerzes". Gruselfilme ekelten mich, Thriller machten mir Angst, Action langweilte mich und das Getöse ging mir auf die Nerven. Erotikknüller blieben immer unter meinen Erwartungen, die waren bezüglich Filmen, die sich als erotisch ausgaben, sehr hoch. Ich brauchte etwas fürs Herz und selbstlose Helden.

Nach dem Kino ging ich in eine Kneipe und versuchte die Stimmung so lange zu halten und nachwirken zu lassen, bis ich angenehm besoffen war, denn dann fühlte ich mich ohnehin gut. Ich lehnte an einer Bar und übte mich beim Rauchen und Trinken in Posen und Haltungen. Wenn ich dann angenehm beschwert und beduselt war, klapperte ich noch ein paar Kneipen ab, um ja sicherzugehen, dass ich mein Bett wieder mit mir allein teilen würde, aber wenigstens hatte ich einen Kinofilm gesehen. Es war also ein gelungener Abend, und ich unterschied mich vom allgemeinen Prolo, der mit den Bierflaschen vor dem Fernseher sitzt, insofern, als ich gepflegt und kulturbewusst ins

Kino ging und erst danach Bier trank, denn Fernseher besaß ich ja keinen.

Wenn ich am nächsten Tag auf dem Institut saß, die Sonne durch die getönten Scheiben knallte und ich mich über die mittelhochdeutsche Spruchdichtung beugte, keinen klaren Gedanken fassen konnte, gerade mal wusste, wo ich war, so gar keine Ahnung hatte, was diese Buchstaben da vor mir wollten und sie mich angrinsten: „Du sollst uns lernen! Lernen, mein Lieber! Prüfungen machen, Studium machen, Abschluss machen!", dann erfassten mich Panikattacken, dass mir schwindlig wurde. Ich rang nach Luft, ich war schweißüberströmt, raffte meine Sachen zusammen, stellte die Bücher, die ich mir gerade mühsam zusammengesucht hatte, wieder an ihren Platz zurück und stürmte an der Bibliothekarin vorbei, die den Kopf schüttelte und sich fragte, wozu ich überhaupt für diese Viertelstunde hergekommen war. Ich hechtete zu den Liften, ließ mich ins Erdgeschoß bringen und bestellte mir in der Mensa Bier. Ich musste mich beruhigen und ich musste auch meine Schuldgefühle wegspülen: *Warum bist du wieder weggelaufen? So wird das nie etwas!*

Während ich mich grämte und auf meinen Nägeln herumkaute, gesellte sich auch diesmal eine unscheinbare Mitstudentin zu mir, die gerade an etwas arbeitete und nicht weiterwusste. Ich konnte jederzeit Auskunft geben, wie sie was zu machen hatte, hielt einen Vortrag, sie schrieb mit, ich war erstaunt, was ich alles wusste, sie stand auf, sie müsse jetzt wieder weitermachen, bedankte sich, ich bedankte mich auch – wofür, den Tee hatte ich ihr auch gezahlt und die Zigaretten, die sie geraucht hatte, waren meine gewesen. Ich blieb sitzen, holte mir noch ein Bier, grämte mich weiter und stellte mir vor, wie ich diese hässliche, langweilige, unweibliche Mitstudentin mit Sprachfehler und Speichel in den Mundwinkeln durchvögeln würde. Mir wurde langsam schlecht, aber stehen lassen wollte ich das Bier auch nicht. Ich fürchtete, einer der Professoren, bei denen ich ja noch Prüfungen ablegen sollte, könnte mich beim Biertrinken sehen, ich behielt den Eingang im Auge und verließ unertappt und besoffen die Mensa Richtung Zuhause. Dort legte ich mich sofort aufs Bett, mir war hundeübel, ich wollte nichts anderes als schlafen und aufwachen – dann ginge es mir wieder gut. Aber es wollte mir nicht gelingen einzuschlafen, so sehr ich auch die Augen zudrückte.

Ich hatte Sehnsucht, aber wonach? Ich sehnte mich … ja! Ich sehnte mich wirklich nach der Baustelle zurück, nach dem Kompressor, nach dem Schremmhammer und vor allem nach meiner Säule, die es nicht mehr gab, die ich bezwungen hatte. – Schöne Erinnerung! Ich schlich aus dem Haus, es war ein warmer, angenehmer Nachmittag, ich ging durch die Stadt, kaufte Rotwein, schlich mich in den Hinterhof des Adolf-Pichler-Platzes, auf unsere Baustelle, ging hinunter ins Theater und betrachtete die Baugrube, die dort unten lag: Die Erde atmete ruhig und erholte sich von der Hektik der letzten Monate, in denen Heerscharen von Menschen an den Eingeweiden dieses Kellers gezerrt hatten, nur weil jemand den Namen „Kellertheater" erfunden hatte. Wie der Keller so vor sich hindampfte und nicht wusste, wie ihm geschah, tat er mir fast leid. Ich fand ein Glas, ging hinauf zum Brunnen, wusch es sorgfältig aus, kratzte mit den Fingernägeln die braunen Ränder ab, setzte mich auf einen angewärmten Stein in die Sonne, goss mir Rotwein ein, nahm die Zigaretten aus dem Parka, zündete mir eine an, trank genüsslich einen Schluck, der Wein verteilte sich angenehm langsam im Magen. Ich lauschte und wunderte mich, dass man hier drinnen außer dem Vogelgezwitscher nichts vom Adolf-Pichler-Platz mit seinem Straßenlärm hörte. Ich schaute zu den Balkonen hinauf – nichts – Stille!

„Komm, komm, Valerio, wir gehen nach Italien!"

Ich konnte mich ausbreiten, ich konnte wieder atmen, ich konnte schwingen. Es ging mir gut. Der Wein schmeckte. Ich war ich. Das musste Büchner gemeint haben. Was hinderte mich daran, den Wein auszutrinken, aufzustehen, einen Fuß vor den anderen zu setzen, zu Hause ein paar Habseligkeiten in einen Rucksack zu packen, wieder einen Fuß vor den anderen auf die Bank zu gehen, dort Geld abzuheben, wovon ich im Augenblick genügend hatte, zum Bahnhof zu gehen, dort eine Fahrkarte Richtung Rom oder Florenz zu lösen, in den Zug zu steigen und einfach loszufahren.

Ich schenkte mir noch einmal ein und zündete mir noch eine Zigarette an, und während ich wütend das Streichholz anriss, dachte ich *Das kannst du mir nicht mehr verbieten!*, meinte damit meinen Vater und zog kräftig am Glimmstängel. Ich lehnte mich zurück, schloss die Augen und genoss die Sonne. Ich trank zügig den Wein, und als die Flasche zur Hälfte geleert war, döste ich ein.

17

Zum Glück ging drei Tage später das Telefon: „Du! Servus! Da ist der Pepi! Der Kellertheaterbau geht morgen weiter. Ich habe den Maurer von der Bildinger, den Robert, überredet, uns beim Theater zu helfen. Er hat Gott sei Dank den ganzen Sommer Zeit und hat zugesagt. Der Stefan hilft auch! Mehr Leute kann man beim Mauern eh nicht brauchen – außerdem hat sonst keiner Zeit."

„Das ist ja ... wunderbar!"

„Ihr müsstet allerdings am Montag um sieben gestellt sein und dann müsstet ihr jeden Tag um sieben anfangen – was euch zwar ein bisschen schwerfallen dürfte, aber ihr müsst das jetzt schaffen!" Er lachte gönnerhaft.

„Das dürfte doch zu machen sein!", sagte ich streng und fest, um ihm den Wind aus den Segeln zu nehmen. Ich war froh, dass mein Leben wieder Struktur bekommen würde, gleichzeitig begann sich das Karussell vom großen Theater wieder zu drehen. Große Theaterbilder / berührende Momente / ergreifende Szenen / Gänsehaut-Atmosphäre / knisternde Stille / elektrisch geladene Theatersäle – Kniefälle vor den großen dramatischen Werken und den sich darin auftuenden Welten – Katharsis und Magie! „Sire, geben Sie Gedankenfreiheit!" – donnernder Applaus erscholl in meinem Kopf, während ich mich auf dem Bett ausstreckte und die Augen schloss. Ich war fest entschlossen, das alles, was in mir gärte, brodelte, schäumte und meinen Körper regelrecht zum Schütteln brachte, umzusetzen / in die Welt zu setzen / zu gebären / auszuspeien / zu materialisieren.

Am Montag würde ich erst einmal damit beginnen, eine Mörtelmischmaschine in Gang zu setzen, mit einer Scheibtruhe und mit Kübeln den angerührten Anfang meiner Träume in die Tiefe eines Kellers zu befördern. *Wie lange wird es dauern, bis meine inneren Bilder das Licht der Welt erblicken? Wie lange wird es dauern, bis meine Visionen das Dunkel des Kellers verlassen und sich ins Rampenlicht der großen, weiten Welt schieben? Und wie viel Anstrengung wird es dann kosten, die Enge des Kellertheaters und die Engstirnigkeit des Inntals zu überwinden?*

Am Montag schälte ich mich um sechs Uhr aus dem Bett, zog mir die ältesten Kleider an, die ich im Kasten fand, und während der Kaffee in die Kanne gurgelte, überlegte ich, ob ich mir noch einen Pullover überziehen sollte oder nicht. Ich war noch so bettwarm, dass es mich fröstelte, obwohl draußen schon der Sommer nahte und mich in ein oder zwei Stunden die Hitze überfallen würde. Ich entschied mich für den Pullover, und während ich ihn überstreifte, beschimpfte ich mich als verweichlichten Studenten. Ich schlürfte lautstark meinen heißen Milchkaffee und starrte auf die vor mir liegende Uhr, um ja nicht die Zeit zu übersehen und rechtzeitig aufzubrechen. Ich schielte und schielte auf die Zeiger und war mit meinem Kopf ganz woanders. Vor zwei Tagen hatte ich noch Sehnsucht nach der Baustelle gehabt, jetzt war ich kurz davor, dorthin aufzubrechen – und schon wieder unglücklich. Jetzt hatte ich gerade keinen Bock, heute – gerade heute – würde ich viel lieber auf die Uni gehen und etwas weiterbringen. Aber das hätte ich den ganzen letzten Monat auch machen können! Aber da hatte ich keine Lust auf die Uni! So saß ich, war unglücklich, starrte, die Zeit verging. *Die Zeit! Verdammt! Fünf vor sieben!*

Auf der Straße blinzelte ich ins sonnige Tageslicht, versetzte mich in leichten Laufschritt, in einen Trab, der mir sofort den Puls hinaufschießen ließ. Drei Minuten nach sieben bog ich am Adolf-Pichler-Platz ein und öffnete die schwere Holztür zum Hinterhof, in dem bereits die Mischmaschine ächzte und stöhnte und sich in gleichmäßigem, gebetsmühlenartigem Tempo drehte. Stefan war schon da und schaufelte von einem riesigen Haufen Sand morgendlich kräftig gehäufte Schaufeln in die Maschine – eins, zwei, drei –, während ich noch schwer atmete. Da ertönte ein lautes und scharfes „Stopp!" von Meister Robert, der dicht neben der Maschine stand und die Menge kontrollierte. Ich beobachtete die Szene, während sie mich gar nicht bemerkten. Beide waren in den Anblick der Maschine versunken. Robert, unser Maurermeister, war ein kleiner, kräftiger, gedrungener Mann mit einigem Übergewicht. Er hatte ein gemütliches rundes Gesicht mit eingedrückter Nase, dazu ein Maurerkappele, das sich irgendwo am Hinterkopf festhielt. Er hatte bereits alle Krankheiten und Abnützungserscheinungen, die man im Laufe eines Maurerlebens kriegen konnte: Er atmete schwer, hatte vom vielen Staub und der Zugluft Asthma, was ihn nicht daran hinderte, ständig Falk-Zigaretten zu rauchen. Seine Finger hatten Gicht vom Mörtel, und er war so schwerhörig, dass ich oft den Verdacht hatte, er sei überhaupt taub. Aber in diesem kleinen, runden Mann steckte mehr, als man vermutete. Was mich sofort einnahm, waren seine Lebendigkeit, seine Wärme und seine Behändigkeit. Er war flink und er verfolgte seine Ziele umsichtig und trotzdem direkt, mit der Routine und Erfahrung eines Menschen, der ein Leben lang gearbeitet hatte. Dennoch hatte man jeden Augenblick seines Tuns das Gefühl, dass er es immer noch gern tat. Seine Schroffheit uns gegenüber war Ausdruck der Zuneigung.

Manchmal fand ich, er hatte etwas von einem weisen Clown – die Maurerkluft, das Kappele und sein Gesicht mit den blitzenden Augen. Aber das dachte ich immer nur für kurze Momente – wir hätten uns nie getraut, ihm so etwas zu sagen, dafür hatten wir viel zu viel Respekt – ja, Angst vor ihm, weil er so unberechenbar war. Er hatte eine eiserne Disziplin, gleichzeitig war er offen und wusste immer, was das Gebot der Sekunde war. Wir waren die Lehrbuben, er der Meister.

Stefan goss noch einen Kübel Wasser in die Mischmaschine, nach wenigen Umdrehungen schrie mich Robert an: „Schau nach, ob noch zu wenig Wasser drin ist!"

Ich steckte meinen Kopf fast in die Maschine, verfolgte mit verschlafenen Augen den Dreck, der gerade nach oben geschaufelt wurde, unten schwappte Wasser hin und her, und während ich überlegte, dass es noch eine Weile dauern würde, bis sich das alles vermischt hätte, klatschte der Dreck von oben in die unten stehende Pfütze und mir fast zur Gänze ins Gesicht. Ein paar Spritzer hatte ich im Auge, ich sprang zurück und versuchte panisch das Auge sauber zu kriegen.

„Du sollst hineinschauen, habe ich gesagt!", brüllte Robert. „Nicht den Kopf reinstecken!"

Mein Zuspätkommen hatte sich gerächt, dafür hatten die beiden ihren Spaß.

18

Ein Arbeitsrhythmus hatte eingesetzt, der sich nun bis zur Eröffnung des Theaters durchziehen würde: Robert stand breitbeinig im Keller und mauerte, Stefan und ich standen an der Mischmaschine und mischten. In regelmäßigen Abständen erscholl der Ruf: „Malta!"

Wir leerten den Inhalt der Mischmaschine in eine Scheibtruhe und schaufelten den Mörtel in vier schwarze Plastikkübel. Jeder von uns nahm zwei – einen links / einen rechts – und wir schleiften diese Kübel die Stiege hinunter, bogen unten scharf rechts ab und verschwanden im Dunkel des Kellers.

Die ersten Tage mischten wir den Malta mit größter Sorgfalt, Aufmerksamkeit und Aufregung, ob wir auch wohl die richtige Konsistenz zusammenbringen würden. Wir standen ängstlich, uns an unseren Schaufeln festhaltend, vor dem Schlund der Mischmaschine, der drehend vor sich hinächzte, stöhnte, zwischendurch röhrte und brüllte. So standen wir wie Tom Sawyer und Huckleberry Finn und starrten in das dunkle Loch, als würde uns zwei kleine Buben im nächsten Moment ein gefährliches Höhlenabenteuer verschlingen. – Man konnte sich auch zwei Köche vorstellen, die gerade an einem heiklen Gericht herumexperimentierten, Zutaten aus Schaufeln verabreichten, als würden sie mit Teelöffeln explosive orientalische

Gewürze beimengen. Wir wagten uns nicht von der Maschine weg und ließen den Vermischungsprozess keine Sekunde aus den Augen, bis uns der Schrei durchzuckte: „Malta!" – hektisch Gemisch abgefüllt, in Windeseile in die Kübel damit, im Laufschritt ab in die Tiefe. Scheibtruhe für Scheibtruhe klatschte Robert auf die Wände des Kellers, zentimeterdick, es war ein Mysterium, wo das Material sich verkroch, das ganze Gemisch, das wir Tag für Tag produzierten. Es war, als würden die Wände den Mörtel fressen. Ein wirklicher Fortschritt war jedenfalls nicht erkennbar. Nervös rechneten wir überschlagsmäßig nach, wie lange das noch dauern könnte, wir sahen aber kein Ende. Den Einzigen, den das nicht zu stören schien, war Robert, der sich nicht aus der Ruhe bringen ließ und monoton und gemächlich weiterarbeitete. Er machte einen Eindruck, als liefe alles nach Plan. Auch die gequälten/ spitzen/süßlichen/aufgesetzten Lacher von Pepi, der manchmal vorbeischaute, glatte Wände im Theater sehen wollte und jedes Mal das Gefühl hatte, er hätte uns beim Tachinieren erwischt, konnten ihn nicht irritieren. Was mir am meisten imponierte, war, dass Robert sich nie veranlasst sah, seine nicht unbedingt sichtbare Arbeit auch nur mit einer Silbe zu rechtfertigen. Er setzte seine Schwerhörigkeit ein, tat auf jede Frage, jedes Drängen von Pepi so, als verstünde er ihn nicht, und antwortete etwas ganz anderes, nachdem er ihn mit „Was!?" angebellt hatte, was Pepi dermaßen verunsicherte, dass aus ihm noch mehr gekünstelte Lachanfälle herausbrachen. Robert nahm damit auch *uns*, seine Lehrbuben, in Schutz – wie waren ein Team – und so musste Pepi unverrichteter Dinge von dannen ziehen.

Ich war zufrieden mit den ersten Arbeitstagen, ich war glücklich und verwirrt, dass man mich Studenten, kopflastigen Bleistiftathleten unvermittelt in diese Arbeitswelt warf, die mir so fremd war, von der ich so gar nichts wusste, die so direkt war und so konkret, in der man sich so gut spüren konnte, in der einen die Glieder schmerzten, in der Müdigkeit und Schmerz einen das Gefühl der Zufriedenheit des Etwas-geschafft-Habens erfahren ließen. Auch der Rhythmus dieser körperlichen Arbeitswelt / der Atem / die Gebräuche / die Rituale / die Anstrengung / die Ökonomie des Kräfteverschleißes / das Ethos und die Werte / der Umgang / der Umgang mit anderen / der Ton der Unterhaltung / die Herausforderung / die Hilfsbereitschaft – all das zwang den Kopf in den Körper – ließ diesen unbekannten Freund aufheulen und sichtbar werden, ließ mich sehen, in welchem Kraftpaket mein Seelchen wohnte, und ließ mich spüren, dass das Selbstbewusstsein und Vertrauen schuf. Ich war ein ernstzunehmender Erwachsener.

Ich genügte mir selbst, brauchte mit niemandem zu reden. Meine Seele war für Stunden nicht auf Reisen, sondern zu Hause, wohnte in ihrem Körper und ruhte sich dort aus, wo sie hingehörte, im Hier und Jetzt, in der Realität, nicht in der Fantasie / nicht in Träumen / nicht in Illusionen / nicht im Kino / nicht im Theater / nicht in Konzepten / nicht in Idealen / nicht in Moralvorstellungen. Ich saß auf einem Barhocker und meine Seele baumelte zwischen meinen Beinen, mein Schwanz jubilierte, dass der Kopf seine Sexualfantasien endlich wieder einmal dorthin abgegeben hat, wo die Geilheit auch hingehörte: zwischen die Beine! Es war die gleiche Geilheit, die mich immer nach einem Schitag oder nach einer Bergtour befiel, wenn ich meinen Körper beansprucht hatte und wieder zu

Hause auf dem Diwan lag. Die Sehnsucht nach einem Du vibrierte aus dem tiefsten Innern und beutelte mich durch.

Als ich den letzten Schluck aus dem Glas nahm, kam mir der Gedanke, dass die ganzen Träume / die ganzen Ideen / die ganzen Ideale und Konzepte, die man so gebar, nichts anderes waren als ein geistiger Uterus, eine Schutzhülle, in der man als Embryo mittendrin saß und versonnen am Daumen lutschte. Da kam das nächste Bier, diese Nabelschnur versiegte Gott sei Dank nie, ich wischte den Gedanken weg und nahm den Daumen in den Mund, indem ich mir eine Zigarette anzündete.

Am nächsten Morgen war meine innere Uhr falsch programmiert. Ich erwachte um Punkt sieben Uhr, da hätte ich schon am Adolf-Pichler-Platz sein sollen. Also hinein ins Gewand, ungewaschen, verpickte Augen und einen schweren Kopf vom Bier, eine geschwollene Zunge und einen entzündeten Rachen vom Ketterauchen und los, im Laufschritt über die Straßen gehetzt – in fünf Minuten müsste ich es schaffen. Beim Laufen mit fünf Tonnen schlechtem Gewissen und Schuldgefühlen auf dem Buckel geißelte und peitschte ich mich mit Schimpfwörtern wie ein mittelalterlicher Flagellant. Ich verfluchte mich bis ins zehnte Glied, dass ich nicht einfach am Abend zu Hause bleiben und ein normales Leben führen konnte. Die Mischmaschine hatte sich bereits warmgelaufen. Beim Hineinhechten in den Hausdurchgang realisierte ich aus den Augenwinkeln einen großen Sandhaufen, den wir heute im Laufe des Tages in den Hof karren mussten. Keuchend fragte ich Stefan: „Hat der Robert schon bemerkt, dass ich noch nicht da bin?"

Noch ehe Stefan etwas sagen konnte, röhrte es von der Kellerstiege: „Wo bist denn du? Wir fangen um sieben an!"

Er musste mich gehört haben – *wo bleibt denn da die Schwerhörigkeit? Er hört ja doch alles, wenn er es hören will!* Schnaubend bog er um die Ecke, ich sah ihn, er sah mich: „Geh her da!" Er kam auf mich zu und deutete auf meinen Schwanz: „Tu ihn raus, ich will sehen, ob er noch nass ist! Der Stefan will ihn auch sehen! Die ganze Nacht bei einem Weibats liegen und dann zu spät kommen!"

Ich war perplex. Ich hatte mir eine schwarzpädagogische Moralpredigt erwartet, dass Pünktlichkeit wichtig sei im Leben und so weiter, aber dass mir jemand unterstellte, ich hätte die ganze Nacht eine Frau niedergebogen und bis in die frühen Morgenstunden glücklich geritten, das war mir noch nie passiert. In meiner Hilflosigkeit stotterte ich: „Die Straßenbahn hat so lange gebraucht!"

„Die Straßenbahn!", jaulte Robert, dass ein ganzer Schwarm Tauben aufflog. „Die Straßenbahn! Du kriegst gleich eine Ohrfeige für diese Lüge!"

Die Lüge brachte ihn mehr auf als mein Zuspätkommen. Das tat mir wirklich leid. Aber da fischte Robert seine zerknautschte Falk-Zigarettenpackung aus der Hosentasche, schüttelte ein Zigarette halb heraus und sagte versöhnlich: „Da! Rauch eine!"

Die Vorstellung, jetzt eine Zigarette zu rauchen, ließ mich fast erbrechen, aber ich war so froh, dass der Spuk vorbei war, dass ich sofort zugriff. Ich steckte sie in den Mund, Robert hielt mir das Feuerzeug entgegen. Ich führte die Zigarette ans Feuer und zog. Robert sah mich durchdringend an. Vielleicht wusste er, dass ich noch besoffen war, dass mir schlecht war – vielleicht wartete er darauf, dass ich mich übergeben musste. Vielleicht war das ein alter Trick unter Bauarbeitern. Ich wusste es nicht. Robert hielt Stefan die Packung hin und steckte sich selbst eine an.

Nun nahmen sie mich ins Kreuzverhör, der Spuk war doch noch nicht ganz vorbei. Jetzt wollten sie ganz genau wissen, mit wem ich die heutige Nacht verbracht hatte: „Wie heißt sie denn? Kennen wir sie? Eine Schauspielerin? Oder deine Freundin, von der wir nichts wissen? Warum kennen wir deine Freundin nicht? Bring sie einmal mit!"

Mir wurde heiß und kalt – *Mehrfachzwickmühle*: Wenn ich sagte, ich war nur saufen, hätte ich noch weniger Entschuldigung für das Zuspätkommen. Wenn ich sagte, ich war bei einer Frau, wäre das eine Lüge und ich müsste dann immer neue erfinden. Überhaupt ging es mir komplett gegen den Strich, gegen meine Ehre, gegen meinen Mannesstolz, mit Frauengeschichten anzugeben, die gar nicht stattgefunden hatten. Also wählte ich die Wahrheitsvariante.

„Geh! Geh! Geh!", kam es im Chor. „Das glauben wir nicht!"

Herrgott, es ist zum Aus-der-Haut-Fahren! Ich sage die Wahrheit – und es glaubt mir keiner!

19

Die Tage darauf bekamen wir als „Maurerlehrbuam"
immer mehr Routine, unser „Malta-Gemisch" wurde immer besser, wir waren geradezu stolz auf unsere Künste, in
unserem Überschwang hatten wir manchmal – wenn sich
die braune Masse so richtig zähflüssig aus der Mischmaschine stülpte und in die Scheibtruhe flatschte, dass diese
nur so wackelte – das Gefühl, als hätten wir in den kühlen
Vormittagsstunden eine Delikatesse zubereitet. Unsere
Umgangsweise mit den Zutaten wurde lässiger und fahrläs-
siger und wir kontrollierten nicht mehr ganz so genau den
Mischvorgang. Schon gar nicht trieb uns das richtige
Mischverhältnis den Puls in die Höhe. Da es uns in der
Früh immer ein bisschen fröstelte, sahen wir zu, dass Wasser, Sand und Zement schnell in die Mischmaschine kamen, stellten uns in ein Hofeck, in dem zu dieser frühmor-
gendlichen Stunde schon die Sonne schien, und rauchten
selbstzufrieden eine nach der anderen, bis eines Tages aus
dem Keller ein markerschütternder Schrei gellte: „… ist ja
furztrocken!" Schon war Robert heroben und sah uns in
der Sonne stehen. Wir hatten noch versucht, aus unserem
Sonnenplätzchen zum Arbeitsplatz zu huschen, waren aber
zu langsam gewesen. Er stellte uns bei der Mischmaschine,
und noch bevor ich anfangen konnte mich zu wundern,
wie schnell das kleine, alte Männchen sein konnte, fasste er

mit der Linken in den sandigen Malta. Er nahm eine Handvoll heraus, ballte die Faust, richtete sie gegen uns und teufelte mit knallrotem Gesicht. Wir fanden den Auftritt etwas überzogen, brachten die Mischung in Ordnung, die Situation beruhigte sich, und wir hatten Zeit, darüber nachzudenken, was unseren Meister so aufgebracht hatte. Ich gelangte zu der Einsicht, dass es an der mangelnden Sorgfalt gelegen haben musste. Sorgfalt war auf dem Bau sehr wichtig. Behutsamkeit und Sorgfalt gehörten zur Ethik eines Handwerkers. Die Ethik der Grobiane ist nichts für Grobiane, auch wenn es manchmal so aussah. Die Erotik gehörte auch nicht den Kraftlackeln. Jeder gute Handwerker wusste, dass mangelnde Sorgfalt sich rächte mit Material-, Zeit- und Geldverlust. Deshalb waren die frühen Morgenstunden – wenn es sein musste, bis zum „Neunerlen" – dem Messen vorbehalten. Gemessen wurde viel und genau, es wurde herumgetüftelt, es mussten alle Eventualitäten einberechnet werden. Wenn man sich vermaß oder man etwas vergaß, beging man eine Todsünde, denn dann musste man meistens etwas zusammenhauen, herausreißen, herunterhacken oder wieder aufstemmen.

Wir lernten auch den sorgfältigen und fast heiligen Umgang mit Gerätschaft und Werkzeug. Ich hätte nie gedacht, dass man eine Mischmachine nach acht Stunden Mischen so sauber kriegen konnte, aber da musste man kratzen und spritzen und schaben, und das konnte dauern. Auch das Werkzeug musste am Abend blitzen; was verschmutzt war, trocknete ein und machte Werkzeug oder Maschine kaputt. Mit all der Müdigkeit in den Knochen nach Feierabend noch eine Stunde in der Mischmaschine zu hängen, um sie ganz sauber zu kriegen, das bedeutete Überwindung und Willensanstrengung, die mir trotz meines Hanges zum Masochismus fast unmenschlich erschienen.

Die geheimnisvollsten Stunden aus dieser Zeit waren die des sogenannten Neunerlen – die Pausen um neun Uhr vormittags, nachdem wir über das Tagespensum nachgedacht und gemessen hatten. Bei dieser Tätigkeit mussten wir Robert immer zur Hand gehen, denn es gab immer etwas zu helfen, zu halten, zu tragen oder zu holen. Robert schätzte zunächst mit freiem Auge. Dann kontrollierte er mit dem Metermaß – seine Schätzungen waren meistens auf den Zentimeter genau. Wenn seine subjektive Schätzung mit der objektiven Messung wieder einmal übereinstimmte, dann sagte er: „Jaja – wer sagt's denn, das Auge ist nicht das schlechteste!"

Wir fühlten uns geborgen in diesem Einklang von Materie und konkreten Schritten, der Körper, Seele und Geist einbettete. Oft ermunterte Robert uns, unsere Schätzungen abzugeben, und brach in schallendes Gelächter aus, wenn wir nach langem Herumgedruckse einen Tipp abgaben – und so richtig danebenhauten. Aber er hielt uns immer wieder an, es zu versuchen, langsam wurden wir besser, und wenn wir es einmal getroffen hatten, sagte er strahlend: „Siehst du, das Auge ist nicht das schlechteste!"

Während unserer täglichen Messungen und Planungen wichen sommerliche Nachtkälte und Feuchtigkeit langsam aus dem Hof, die Sonne kletterte über die Hausdächer, wanderte an der weißen Hausmauer des Innenhofs herunter und ließ sich in einem Eck mit drei Stufen nieder. Dort war sie dann rechtzeitig, wenn einer von uns zum Metzger geschickt wurde, um die Jause zu holen, und wir uns zum Neunerlen hinsetzten. Geld getauscht / Bestellungen aufgegeben / mit dem Geld war es nie so genau / Zigaretten-vorrat überprüft / einer startete los / die Zurückgebliebe-nen öffneten Bier / noch war es nicht zu heiß. Ich fühlte mich wohl, fühlte mich sicher in dieser Struktur, und biss herzhaft in meine Schinkenwurstsemmel. Ein jäher Schmerz durchfuhr meine Zähne, ich hatte auf etwas Har-tes gebissen. Stefan und Robert lachten und lästerten, ich solle doch aufpassen, wenn ich das nächste Mal Wurst kaufte. Ich beteuerte, das nächste Mal aufzupassen, da rie-ten sie mir nachzuschauen, ob nicht ein Stein in der Wurst sei. Ich zog einen Flaschenöffner zwischen den Semmel-hälften hervor – ich war auf den ältesten und plumpesten Bau-Scherz hereingefallen.

Robert erzählte von seinem Sohn, der etwas jünger war als wir, ein guter Junge, er sei sehr stolz auf ihn.

Ich fragte, auf welches Gymnasium er gehe.

Auf gar keins, antwortete Robert, er mache eine Lehre.

Das überraschte mich zweifach: Nicht jeder ging also auf Gymnasium. Und es gab Väter, die mit ihren Söhnen zufrieden waren.

„Er lernt Bäck!", ergänzte Robert.

„Was ist das?"

„Bäck!", schrie er.

„Ja!", sagte ich geduldig. „Aber was ist das?!"

„Bäck!", schrie er. „Bäck ist Bäck!"

„Ach so!", flötete ich und tat, als wüsste ich, was das war, noch einmal zu fragen, traute ich mich nicht. Stille.

Robert sagte leise: „Du hast es immer noch nicht ver-standen!"

Ich war ertappt.

„Bäck ist Bäcker!"

Die Tage gingen so hin in unserem Rhythmus: Malta – Neunerlen – Gespräche – Arbeit. Die Arbeit fiel uns immer leichter, wir wurden immer kräftiger. Ich strotzte vor körperlichem Selbstbewusstsein und fühlte mich nicht mehr wie ein „schwächliches Studentele".

Und Robert überraschte uns mit seinen Ansichten: „Die geistige Arbeit ist viel anstrengender als die körperliche; körperlich kann der Mensch auf Dauer acht Stunden arbeiten!"

Er als Maurer hielt körperliche Arbeit für weniger anstrengend als geistige? Wir hätten erwartet, dass er für sogenannte „Denkarbeit" nur Verachtung übrig hatte – eine Tätigkeit immerhin, deren Ergebnis man nicht sah, die man als nicht existent betrachten und als Nichtstun abwerten konnte.

„Ich kenne viele Leute, die vierzehn, sechzehn Stunden am Tag gearbeitet haben, auch am Wochenende, immer durch, von einem Pfusch zum anderen. Aber das geht ein paar Jahre, dann rächt sich der Körper bitter. Um das, was sie erst zu viel gearbeitet haben, müssen sie dann weniger arbeiten. – Nein, nein, acht Stunden am Tag, das kann man kontinuierlich, das geht gut, das ist ein schönes Tagespensum."

Der erste Schauspieler ohne Engagement war wieder einmal auf Heimaturlaub und verabredete sich mit mir im Kellercafé Gong auf einen Diskurs über Kunst, Theater und Theaterkunst. Gefragt hatte er, ob wir wieder einmal einen Kaffee trinken gingen, meinte aber damit, dass wir eine Menge Bier trinken würden, die ich bezahlte. Er war in allen Theaterkantinen Europas zu Hause und kannte ein Heer von Theaterleuten. Die meisten kannte ich nicht, aber ich war immer wieder erstaunt, dass etliche Tiroler Profischauspieler darunter waren. Er kam mir vor wie ein Pirat auf Landurlaub, der von seinen Fahrten auf den Theaterweltmeeren berichtete und eine Abenteuergeschichte nach der anderen aus einem unversiegbaren Strom vor mir aufzählte. Mit offenem Mund lauschte ich dieser mir noch fremden, faszinierenden und exotischen Welt – für mich fern wie die versunkene Stadt Atlantis. Es wunderte mich, dass er sich immer nach dem Baufortschritt unseres kleinen Theaters erkundigte und partout nicht in die Kantine des Tiroler Landestheaters gehen wollte. In seiner Heimatstadt fühlte er sich nicht zu Hause: „Die dramatische Literatur endet hier am Tiroler Landestheater 1961 mit Tennessee Williams und Arthur Miller. Von den neuen Autoren – Dario Fo, Botho Strauss, Heiner Müller, Elfriede Jelinek, Thomas Brasch –hat man hierzulande noch nie etwas gehört. Ich hoffe, ihr werdet diese neuen Meister auf euren Spielplan setzen. Die amerikanischen Nachkriegsautoren verharren in naturalistischer Tschechov-Nachfolge, die ist nicht mehr zeitgemäß, nicht mehr gesellschaftlich relevant. Sogar Heiner Müller hat seinen Lehrmeister Brecht zertrümmert – ja, zertrümmert! Die Innsbrucker Bevölkerung hat ein Recht auf diese Autoren. Das ist jetzt eure Aufgabe!"

Dabei durchbohrte er mich mit Blicken. Ich nickte paralysiert. Der Schauspieler ohne Engagement schrie immer wieder in das ohnehin dröhnende Lokal: „Theater ist Verzicht!"

Ich dachte an Diderot: *Jaja! Aber Theater ist auch niemals freie Wahl!*

Er erzählte gern von ganz tollen Aufführungen, die er gesehen hatte, wobei er immer eine bundesdeutsche

Sprachfärbung annahm, obwohl er aus dem Brandenberger Tal stammte. Er hatte viel Zeit und konnte herumfahren, um sich Aufführungen anzuschauen. Er beschrieb eine *Orestie*, die über neun Stunden gedauert hatte, an der Berliner Schaubühne. Eigentlich erzählte er mehr von den Pausen, die jeweils eine Stunde gedauert und die alle vor dem Theater auf einer Wiese verbracht hätten. Sie hätten sich vor dem Theater auf die Wiese gelegt, „und da gab es ganz tolle Würstelbuden mit ganz tollen Würstchen". Eine Aufführung vom „Theatre du soleil" hatte ihn in Paris begeistert. Die hätten ganz tollen Shakespeare gespielt, die hätten Shakespeare in der japanischen Kabuki-Form gespielt, ganz toll – so etwas habe er noch nie gesehen. Und die Regisseurin Ariane Mnouchkine sei ein Genie! Das ganze Ensemble lebe im Kollektiv und mache alles selbst. Das sei das Prinzip der Truppe – ganz toll. Vom Bühnenbild über Kostüme und Maske bis zu Mittagessen und Abwasch – alles selbst. Was die Schauspieler kochten und selbst äßen, könne man als Zuschauer auch konsumieren. Er habe das natürlich probiert, die kochten hervorragend – ganz toll.

Ich hing an seinen Lippen und saugte seine Ausführungen auf wie ein trockener Schwamm. Besonders liebte ich Geschichten über persönliche Begegnungen mit Schauspielern, so hatte der Schauspieler ohne Engagement einmal einen großen Schauspieler gefragt, wie man so ein „ganz toller" Schauspieler werde. Und der habe ihm geantwortet: „Ja, wie wird man ein guter Schauspieler? Indem man bis vier Uhr früh wach liegt, weil *ein* Satz nicht stimmt!"

Ich erzählte ihm, dass ich als Gymnasiast ein Jugendabonnement am hiesigen Landestheater gehabt hatte und in einer Saison alle Königsdramen von William Shakespeare gegeben wurden. Ich dachte mir dazu: „Das müsste man doch besser und spannender machen können!"

„Theater ist Verzicht!", schrie er wieder ins Lokal, das um diese Zeit ohnehin schon leer war. Der Barkeeper lächelte milde. „Ein Schauspieler ist eine Kombination aus einem Soldaten und einem Priester! So steht es bei Konstantin Sergejewitsch Stanislawski! Was will in dieser Weltsituation, in der das Unglaubliche, das Unanständige und das Unappetitliche das Selbstverständliche geworden sind, die lächerliche Frage nach einer Ethik und die noch lächerlichere Antwort, es gehe um das Individuum? Es mag scheinen, dass Frage und Antwort überholt sind, und dass es nur die Not weniger und aussterbender Einzelner ist, die das auf einer Bühne zu beantworten versuchen. Uns alle übersteigt die Schattenseite der Menschheit und sie verdunkelt uns den Himmel. Immer wird das Kleine vom Großen fast vernichtet, aber immer überlebt es! Das Kleine trägt das Wunder in sich, denn es ist das schöpferische Individuum, in dem die Menschheit ihren Gang durch die Geschichte geht!"

Wieder ein Abend voller neuer Eindrücke – auf der Baustelle würde genügend Zeit sein, sie zu verarbeiten. Der Freibeuter der Theatermeere würde wieder hinaussegeln. Wir würden uns irgendwann wieder treffen, ich würde neue Geschichten aufsaugen – *vielleicht ist das Kellertheater bis dahin fertig, wer weiß!* Ich verabschiedete mich, weil ich vor Müdigkeit nicht mehr stehen konnte, und ließ ihn allein.

Auf dem Nachhauseweg klapperte ich umliegende Baustellen ab und klaute brauchbare Schalbretter, weil das Geld nicht mehr reichte. Ich dachte dabei an den legendären Schauspieler Ferdinand Exl, der sich den Erzählungen nach in seinen Anfängen genauso aus seiner Notlage half, indem er Holz und Kabel für seine Exl-Bühne von Baustellen auslieh. *Alles für das Theater! – Alles für die Kunst! Eine Sach-Subvention der Bauwirtschaft für einen guten und edlen Zweck, der die Mittel heiligt!*

Eines Tages, als wir in der Neunerle-Pause in der Morgensonne dösten, verstellte uns jemand die Sonne. Susi stand vor uns und fragte, ob die Proben für die Eröffnungsrevue hier stattfänden.

Ich war platt, mir wurde heiß und kalt. *Die haben mich gar nicht gefragt, ob ich mitspiele oder mitspielen will! Hoffentlich merkt man mir meine Enttäuschung jetzt nicht an!* Ich schluckte, lächelte gequält, und zündete mir hastig eine Zigarette an. Jetzt erst realisierte ich, dass ich selbstvergessen wochenlang vor mich hin gebaut hatte, ohne daran zu denken, dass irgendwann die Proben anfangen würden und das Theater fertig werden müsste, um es zu eröffnen und um dort Theater spielen zu können.

In den kommenden Tagen begannen die Schauspieler, an unseren Sandhaufen und Zementsäcken vorbeizutrappeln, und verschwanden im Proberaum. Der Regisseur kam mit wehendem Sakko; wenn er schon an uns vorbei war, warf er noch den Kopf auf die Seite und grüßte jovial. Er ging stets in den Keller und forschte nach dem Baufortschritt, stets verließ er ihn mit der gleichen Bemerkung: „Nit viel weitergangen, ha!" Dann drückte er seine Zigarette dort aus, wo gerade frisch gemauert war, und tat, als hätte er das zu spät bemerkt: „Mei, Entschuldigung!"

Zwischen den „Künstlern, den Besseren" und den „Hacklern, den Minderwertigen" hatte sich unmerklich eine Kluft aufgetan. Robert grüßte alle vorbeistolzierenden, naserümpfenden Künstler mit dem gleichen devoten, verlegenen Lächeln, um dann zu fragen: „Wen pudert jetzt die?" oder „Wer pudert jetzt den?" Wir waren schlecht informiert und konnten in den seltensten Fällen seine Neugier befriedigen. Er tippte immer auf den „Reschisssörrr".

Das Witzemachen sollte uns vergehen, denn allmählich setzte uns der Eröffnungstermin Daumenschrauben an. Schleichend begann alles auf dem Bau schneller zu werden, langsam bekam man zu spüren, dass der Zug fuhr und einem der Fahrtwind ins Gesicht blies. Die Lok pfiff, dampfte und stöhnte. Übrig blieb aus alten Zeiten das nostalgische Stöhnen und Ächzen der Mischmaschine. Robert begann schneller zu schnaufen und entgegen seinem Credo, nie mehr als acht Stunden zu arbeiten, begann er immer öfter ein oder zwei Stunden dranzuhängen: „Das müssen wir heute noch fertig machen!"

Wir bissen die Zähne zusammen und spritzten unsere Mischmaschine von nun an immer öfter in der Dunkelheit sauber, während die anderen auf dem Lehmboden im Keller und unter einer einzigen Glühbirne Szenen probierten. Es entstand eine geheimnisvolle Stimmung, ein Zauber, den ich sehr liebte.

Andere Handwerker kamen, Elektriker, Heizungstechniker und Installateure, die die Baustelle für sich beanspruchten. Wo waren die Zeiten, wo sie nur uns dreien gehört hatte, ohne Störenfriede wie Schauspieler, Künstler, Handwerker und andere Gschaftler, vor allem ohne diejenigen, die sich vor dem Sommer aus dem Staub gemacht hatten und jetzt wieder aus ihren Löchern gekrochen kamen, weil das Theater doch fertig wurde und etwas los war. Alle beanspruchten den Keller, spielten sich auf. Wir mussten ständig unser Werkzeug verteidigen: „He, lass gefälligst die Schaufel da! – Nein, die Scheibtruhe bleibt da stehen!"

Es war unser Werk, und jetzt wurde es uns aus der Hand genommen, als hätten wir uns die Baustelle nur geliehen, als hätten wir das Fundament geschaffen, auf dem jetzt die anderen ernten und aufbauen konnten, die Künstler voraus und dahinter die anderen Handwerker. Hätten wir Zeit dazu gehabt, wären wir beleidigt gewesen. Aber der Druck wurde größer, der Keller glich einem Ameisenhaufen. Bretter, Kabel, Mörtel, schwere Bohrmaschinen, Stichsägen, Lampen, Farben, Pinsel, Schraubenzieher, Lüftungsschächte, Telefonkabel, Mischpult, Klavier, Kostüme, Requisiten, niemand wusste mehr, wo ihm der Kopf stand.

„Wo ist der Pickel?" – „Den haben sie gestern bei der Probe als Gewehr verwendet. Da habe ich ihn zuletzt gesehen!"

Einzig und allein Pepi ging zufrieden herum; er hatte sich eine Liste geschrieben, was er bis zur Eröffnung noch zu erledigen hätte: „Stempel mit Innsbrucker Kellertheater und Adresse besorgen …" Und das hatte er erledigt.

Gegen Ende der Bauzeit, als die körperliche und psychische Erschöpfung durchbrach und ich mehr denn je rauchte, versenkte ich mich nach Feierabend immer öfter mit dem ganzen Dreck am Leib in dem Kellerlokal namens Gong. Dort drückte ich mich in eine Ecke und bestellte Bier. Je eher diese brachliegende Dreckgrube die Gestalt eines Theaters annahm und ans Licht der Öffentlichkeit drängte, desto trauriger wurde ich. Je mehr dieser Raum eine schmucke, kleine Spielstätte wurde – *das habe ich mir doch so gewünscht!* –, desto mehr entfernte sie sich von mir, jetzt musste ich sie teilen. Jetzt begannen diejenigen, die

die Baustelle vor einem halben Jahr mit irgendwelchen Ausreden oder überhaupt schreiend verlassen hatten, wieder anzukriechen!

Rauchend und müde stand ich mit einem Bier in einer Ecke und hing meinen Gedanken nach. Ich konnte regelrecht den Blutstrom der dramatischen Literatur anzapfen und bewegte mich im Halbdunkel von einem Stück zum anderen, von einer Rolle zur anderen, stolperte von einer Stückkonzeption und einer Bühnenbildidee zur nächsten. Hetzend und fliehend raste ich durch dramatische Räume. So viel zu tun. Noch stand ich in der Latzhose am Bau und zimmerte die Bretter, die die Welt bedeuteten, zusammen; die Schauspielkünstler der Eröffnungsproduktion stiegen und trampelten noch über mich hinweg, aber eines Tages würde meine Ideenflut aus mir herausbrechen, und ich würde mich daran machen, jeden einzelnen Einfall in die Tat umzusetzen. Wenn dieser Strom in mir zirkulierte, ertappte ich mich dabei, dass ich im Lokal vor mich hinmurmelte und gestikulierte. Ich erinnerte mich einer Anekdote über Gustaf Gründgens, der während der *Faust*-Proben Elisabeth Flickenschildt, die die Marthe gab, mitten in der Nacht angerufen und sie drängend gebeten haben soll: „Sag diesen Satz! Sag diesen Satz!" – *Das werde ich eines Tages auch machen! – Zahlen bitte!* Aber morgen um sieben musste ich vorerst noch auf der Baustelle stehen, um mein Werk zu vollenden. Müde schleppte ich meinen Körper nach Hause, zog mich gar nicht mehr aus – *morgen muss ich mich ohnehin wieder anziehen, viel zu aufwendig –*, und kroch unter die Decke.

Zwei Wochen vor der Eröffnung erklärte ich mich zusätzlich dazu bereit, am Abend die Bühnenbretter zu hobeln – denn Bühne hatten wir noch keine –, was bedeutete, dass ich von sieben Uhr morgens bis zwölf Uhr nachts eingeteilt war. – *Aber macht nichts! Arbeiten schadet nichts!* Biertrinken war nicht mehr drin. *Theater ist Verzicht!* Nach Mitternacht schleppte ich mich nach Hause, warf ich mich in voller Montur aufs Bett und war sofort eingeschlafen. Am nächsten Morgen stand ich genauso auf, trank einen Kaffee und war schon wieder unterwegs.

Der Eröffnungstermin rückte mit rasender Geschwindigkeit näher, bei der Pressekonferenz fünf Tage vorher unterbrachen wir die Maurerarbeiten für zwei Stunden und lotsten die gesamte Presse über ein Brett an der Scheibtruhe vorbei, unter dem Brett musste der Mörtel trocknen. Die Presse staunte nicht schlecht, als Pepi locker behauptete, alles würde rechtzeitig fertig. Er drehte den Kopf zu uns herüber, um sich das bestätigen zu lassen, wir nickten und lächelten gequält zurück – auch Robert, obwohl er natürlich nicht verstanden hatte, worum es ging. Nachdem wir die Pressedamen über das Brett wieder nach draußen geleitet hatten, gingen wir wieder an die Arbeit, gaben am Abend das Theater für die Proben frei, und als einen Tag vor der Premiere der rote Theatervorhang auf die Vorhangstange gezogen wurde, konnte ich wirklich glauben, dass dieser Keller ein Theater geworden war und dass morgen dieser Vorhang zuerst nur einen Spalt, dann ruckartig immer mehr Bühne freigeben würde und sich alle unsere Träume verwirklichen sollten.

Dieser rote Vorhang hatte einen heftigen ideologischen Streit ausgelöst, weil er manchen zu bürgerlich war – aber als ich ihn nun hängen sah, war mir das wurscht, ich fand ihn wunderschön. Ausnahmsweise gab ich Pepi recht, der immer betonte, erst der Theatervorhang mache ein Theater zum Theater.

Vor der großen Premiere, als der neu geschaffene Theaterraum, geputzt bis in den letzten Winkel und parfümiert, das große Ereignis noch einige Nächte überschlafen konnte, setzte ich mich spät in der Nacht – der Zeit zum Zaubern – mit *Der leere Raum* von Peter Brook allein in den Zuschauerraum. In der Horvath'schen Stille las ich dem Theater vor: „Plötzlich begann Lou Zeldis, der Flötenspieler, im Wald im Kreis herumzugehen: die berühmte ‚Geh-Show'. Er ging nur herum und erweiterte den Kreis nach und nach. Und ganz langsam begann er sich in einen Vogel zu verwandeln. Während er ging, verwandelte er sich. Und wurde schneller. Und er war ein Vogel, ganz und gar Vogel. Und er flog. Er flog! Er wurde ein Vogel und flog über die Bäume zum Himmel hinauf. Applaus der echten Vögel, die von den Bäumen aus zusahen! Sie wussten, daß sie einen einmaligen Theateraugenblick erlebt hatten. Ein Schauspieler, angeblich ein Mensch, flog."

Ich schlug das Buch zu und sagte andächtig zum roten Vorhang: „Auch du wirst fliegen! Flieg!"

Die letzten Tage arbeiteten wir im gewohnten Rhythmus dahin, kurz vor der Eröffnung gaben wir unseren Hof frei und eine Putzfirma verwischte unsere Spuren. Nach Feierabend gingen wir nach Hause, ich stieg seit Wochen das erste Mal wieder unter die Dusche, dann ging ich offiziell zur Eröffnung des Innsbrucker Kellertheaters. Honoratioren waren da, ich huschte, als befände ich mich auf fremdem Terrain, in die Garderobe, um den Schauspielern über die Schulter zu spucken, dann gesellte ich mich zu den anderen. Wir, die Maurerpartie, drückten uns in eine Ecke, Hände wurden geschüttelt, Leistungen gelobt, Staunen geraunt. Das Lob traf die, die in der ersten Reihe standen und nichts damit zu tun hatten. Sie nahmen es trotzdem gern entgegen und gaben es nicht weiter. Dann war der Keller proppenvoll, es war eng, den Zuschauern war bereits nach fünf Minuten heiß, die Sicht war schlecht, die Luft stickig, die Erwartungen stiegen, Hälse wurden gereckt, das Saallicht wurde gedimmt, dann ganz ausgeschaltet, warmes Licht fiel auf den roten Vorhang, er öffnete sich schwungvoll. Ich stand hinten, ich hatte keinen Sitzplatz, mir drehte sich alles. Ich nahm wahr, dass das Klavier zu spielen begann. Auch wenn ich nichts Konkretes wahrnahm, trunken realisierte der ganze Körper, dass die Vorstellung gut lief.

Ich schlich mich ins Freie, in den Hof und zündete mir eine Zigarette an. Ich war erleichtert/leer/klar, aber ohne Euphorie.

Dieses Datum werde ich mir ein Leben lang merken: 17. Oktober 1979!